田口耕平

「草の花」の成立

福永武彦の履歴

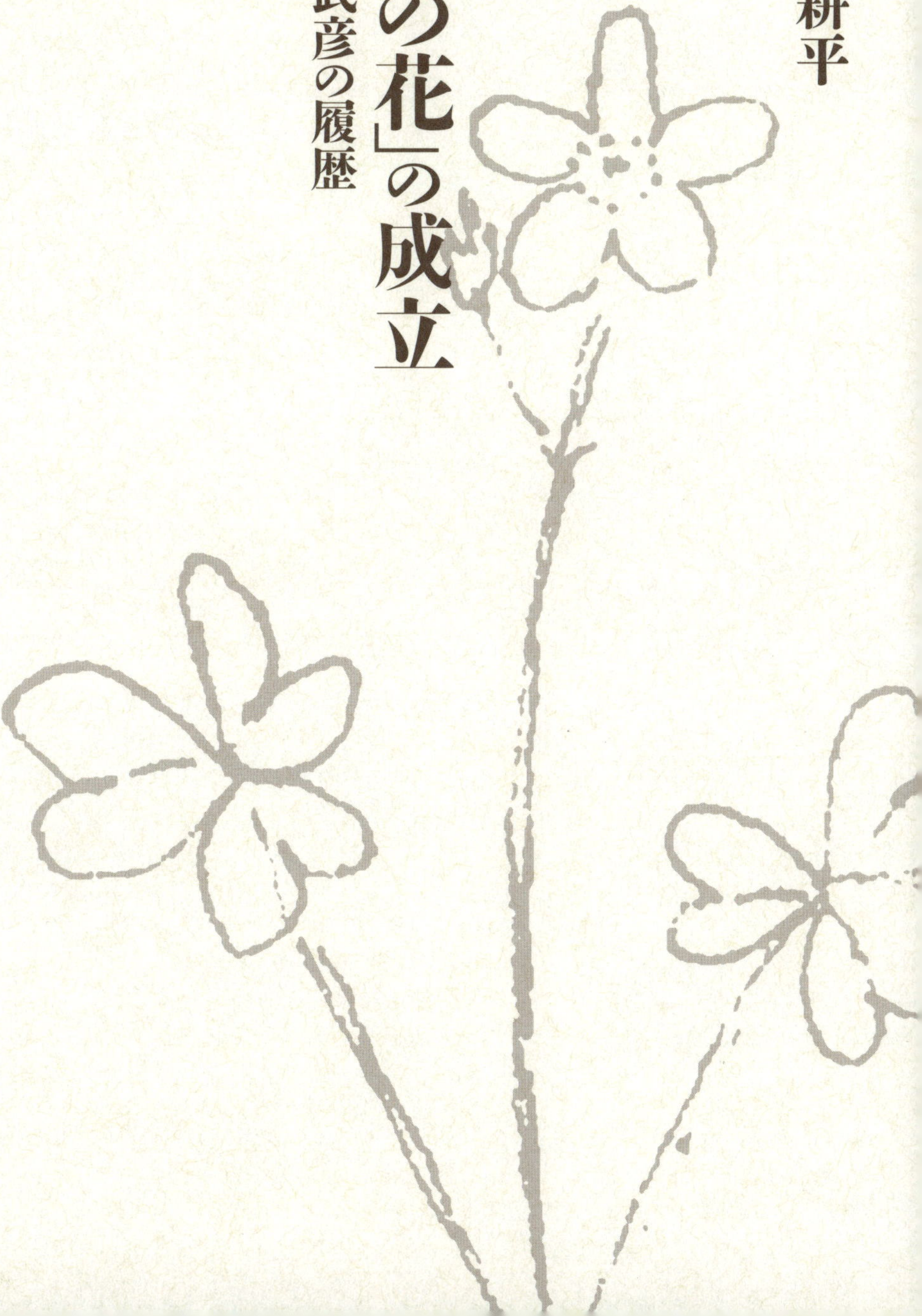

翰林書房

人間的時間として

鎮魂歌

三つの時。 * double reminiscence

A — 16歳、戸田の春 } 青春の sans psy. 藤木忍、
B — 聖書の光 } への展開 神尾
C — 現在、……Malte的表現。 汐見
矢代

構成 A — C — B — C — A.

* 藤木の中にあった悲しさと現在の「私」のなかにも共通するもの
人と分ち合えないもの、自己の中にある孤独なるもの
* 会うことの意味(それが生きてゆくこと)

* 自分の二人、求めていない、— それは
個人の自由、幸福というもの —
問題、できない何かを求めてゐる。
— 何ものか求めるもの — 愛する。

A. 視点、状況。

二人が
交ってゆく。
二人とも
… C、
…
…
…
(春 — [struck] — 村の行くまで(肺病) — 村の二人 —
[struck] — ふとうちあける — 孤独な傾向 —
ラグビー — 死んだ後 — 回想(満州に行き)
混淆するもの
C. 現在。
その長い回想してゐる「私」 — sana の生活 — 空虚
する姿を — 疲れた性格
幾つかの思い出の中で、行動という自由
A. 山中の墓地 — 人はその死んだ後に生きているか — ?
ンパへ行く船の中で — コンパ(寮の茶話会の二階で)
— お前が — 僕にとりかえしがつかない、その

C. 現在
自分の生きてゐるもの — 死者の raison d'être —
sana での日常、死と生
友達として(兄的)自己を犠牲にするその人の感じ
その生れた要因
B. 戦、矢崎の話 — 空の、田舎へ — 千枝さんとの
話 — 火葬場で
B. 現在 — 冬 — 死者への想い
A. 戸田 浮花の終り — 別れ — その表情

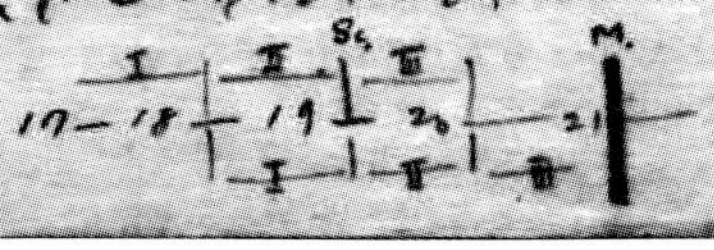

田口耕平氏の方法

神谷忠孝

本書にも引用されているが、福永武彦への追悼文（『すばる』一九七九・一〇）で中村真一郎は次のように書いた。

〈将来の福永文学の研究家の仕事は、リルケや堀辰雄に対すると同様に、彼を包むいささか甘いヴェールを引きはがすことになるだろう。又、そうした仕事に利するような、有益な資料が福永家の内部からおいおい発表されて行くことを、友人として、また文学的同志としての私は、強く望んでいる。周囲の者の感傷的な隠蔽の作業などは、福永を知らぬさかしらであると思う。〉

それから三十余年後、『福永武彦戦後日記』（新潮社　二〇一一）が刊行されたわけだが、刊行にいたるまでの過程で田口氏が果たした功績は大きい。田口氏は中村真一郎の意図を実証しようとしているように思える。

本書収録の論考の初稿にあたる評論、「福永武彦　『寂代』と『帯広』――『夢の輪』を視座として――」（帯広『市民文藝』二〇〇四）で、評論部門の佳作賞を受賞した。研究者として遅い出発だが、翌年にも「福永武彦論　封印と暗号――隠された帯広体験」を発表した。

田口氏の着眼は、「私小説」否定を随所で表明していた福永武彦が「風花」（一九六〇・二）、「夢の輪」（一九六〇・一〇～一九六一・一二、未完）で、ほぼ事実に即して帯広を舞台にした作品を書いたにもかかわらず隠蔽しようとしたのは何故かを問うことにある。

私は帯広生まれなので、「めたもるふぉおず」「心の中を流れる河」「世界の終り」などで描かれる帯広を連想させる町並み描写の正確さに感心させられることしばしばである。架空の町を設定して物語を構築しようとした福永武彦が、偶然関わることになった帯広で作家としての基盤を築いたのだと解釈している。「物語」を目指す作家は自分の作品を「私小説」と読まれることを拒否する例は今評判の村上春樹の言動をみてもわかる。田口氏もそのことを承知の上で書いているのは、本書収録の書き下ろし「『草の花』の成立」を読めばわかる。本書の意義は、福永作品を「私小説」的読解に近づけた果てに本格的な物語作家の生成にまで論述を深める研究に寄与するということである。

偶然帯広と関わって作家として大成した福永武彦。国語教師として帯広柏葉高校（旧帯広中学）に赴任して、福永武彦が奉職した職場であったこと知って研究に目覚めた田口耕平。両者に共通するのは偶然を必然にする力量である。

私事だが、私が北海道大学大学院を修了して帯広大谷短期大学国文科に赴任したとき、福永武彦と一高、東大で同期生の鷹津義彦氏（当時帯広畜産大学教授）が非常勤として来ていた。親しくなり福永武彦の話を聞いた。その鷹津氏が立命館大学に転勤し、学生としての田口氏が国文学の講義を受けた。最後に一言。私が十二年間務めた北海道文学館理事長を退任したあと、池澤夏樹氏が北海道文学館館長に就任された。

「草の花」の成立——福永武彦の履歴◎目次

序　田口耕平氏の方法　神谷忠孝　1

＊

「幼年」論――母の系譜　7

「河」論――父の系譜　35

「草の花」の成立――福永武彦の履歴　75

第1章　「第一の手帳」の成立　80

第2章　「第二の手帳」の成立　111

第3章　「冬」「春」の成立　130

「夢の輪」論――「寂代」と「帯広」 153
封印と暗号――最後の小説「海からの声」へ 183
*
系図 204
年譜 206
あとがき 227

*福永武彦の文章引用はすべて『福永武彦全集』(新潮社 一九八七～八八)による。
注には「全集」とのみ記載し、巻数を数字のみ示した。
*口絵 一九四九年日記の中に挟まれていた「慰霊歌」のメモ

「幼年」論——母の系譜

1 はじめに

福永武彦の「幼年」[1]には作家福永の自伝的要素、中心的主題、技法の在り方が凝縮している。描きたいことと描く方法。その二つが有機的に結びついたとき、この小説が生まれた。傑作と呼ぶべきか、そうではなく極めて福永的と呼ぶべきか。そのどちらでもあると私は言いたいが、きっと世人は「わかりにくい」という一言で済ますだろう。それだけ厄介で不思議な作品である。

ところで「幼年」を論じる前にちょっと寄り道を許してほしい。この論のきっかけになった出来事があるのだ。

2 二日市

二〇〇九年の勤労感謝の日。私は福岡の二日市を訪ねていた。二日市駅前肥前屋が福永武彦の出生の場所、母親トヨの兄の実家である。肥前屋は既にない。しかし、昭和初年の地図によると駅から商店街に向かう西側の通りが北方向に斜めに走っており、その角地に肥前屋があることがわかった。そして、その道筋は現在も残っていた。今建物の面影はないが、その斜行する道を福永の生まれた旅館のよすがとして私は眺めた。

二日市を訪ねたのはその年の九月に秋吉輝雄氏の話を聞く機会を与えられたことがきっかけであった。秋吉氏は立教女学院で聖書学を長く教えてきた、福永武彦の従弟である。ヘブライ語を修め、キリスト教の源泉をたどり、独自の視点でキリスト教を考えてきた人物であった。

新潮社の大会議室、聞き手は池澤夏樹氏に福永の研究者鈴木和子氏と私だった。二〇一一年に刊行された『福永武彦戦後日記』に関して二〇〇八年からこの三人で調査、研究を進めていた。中でも日記の注釈を付けるための関係者インタビューは欠かせないものだった。

秋吉氏はかつて「文藝空間」第十号（一九九六・八）で語った話を詳しく説明してくれた後、別れ際に一つの謎を私たちに投げかけた。

「夏樹さん、君にはユダヤの血が十六分の一混じっているんだよ。僕が八分の一だから君は十六分の一」

驚いた池澤氏は、詳しくそのことを尋ねた。話はこうだ。江戸時代末期、ポルトガルのさる高貴な人物が日本に流れて来た。そのお付きの者がこの二日市に住みつき「二十四名社」なるものを組織した。彼等は年に一度新嘗祭の時に二日市八幡宮に集い、秘密の儀式をしている。八幡は「ヤハタ」であり「ヤハウェ」に通じる。儀式には倉庫から年に一回だけ特別な什器を持ち出す。そこには六芒星のマークが入っているのだ、と。

「僕は四代目、夏樹さんは五代目だから随分薄まっているけれど、ユダヤの血が流れている」

「そんな大事なこと、なんで今まで黙っていたんですか」と池澤氏が訊ねると、秋吉氏は「知っていたと思っていたから」と笑って答える。では、新嘗祭の日、その謎の会合を取材しようということになった。

新嘗祭、すなわち勤労感謝の日の前日に福岡に入った。居酒屋でふぐを食べながら翌日の予定の確認をした後で、小さなサイン会が開かれた。『ぼくたちが聖書について知りたかったこと』（小学館 二〇〇九）が丁度上梓されたのだ。その本で対話した二人が目の前に揃っている。サインをお願いしない方がおかしい。池澤氏によると秋吉氏の碩学ぶりはあまり世に知られていないらしい。入門書などを書かないため一般に知られない埋もれた存在になっていた。秋吉氏の従甥《じゅうせい》である池澤氏はそこに不満を覚えた。聞き手となって、父の従弟の蓄積された学問を引き出そうとしたのである。それがこの本となって結実した。サインをしているお二方を写真に収める。並んで座っている姿は確かに異国の雰囲気を醸し出している。間違いなく異邦の薫りがする。明日その血の謎が解明される。私は次の日が訪れるのをわくわくして待った。

　二日市八幡宮にお邪魔する前、秋吉家と深い親戚関係にある吉広写真館を訪ねた。昭和初期の二日市の地図にも同じ地所で写真館として載っている。当時たまたま池澤さんが西日本新聞で「氷山の南」(2)を連載中だったこともあり、この上ない歓待を受け、おまけに家族写真のような不思議な記念写真を撮ってもらった。後日台紙つきの立派な写真が届いたのだが、それはさておき、ご当主はその結社の謎は知らないと言う。

　二日市八幡宮に向かう。うららかな秋の日。イチョウの黄色が空の青に映え美しい。八幡宮の由来や石灯籠など子細に見て回るがそれらしきものは見つけ出せない。会合には「二十四名社」の血を継ぐ者しか参加できないため、私と鈴木氏は八幡宮を離れ、調べ物をしに福岡に戻った。今晩、謎の一部は解かれるだろうと期待して。


「何もなかった」

「え、何もなかったんですか?」報告を聞いた私たちは落胆してしまった。

「やっぱりそうですか」

「秘密の什器もなかった。参加した人たちも、昔のことだからと断った上で、そういう話は聞いたことがないということだった」

　落胆はした。けれど、わざわざ九州まで来て、とは思わなかった。収穫はあった。一つは福永の生まれた風土を肌で感じたこと。敵国降伏と扁額を掲げた筥崎八幡宮から川沿いに沿って太宰府へ向かう。途中に水城があり、太宰府の宿場町としての二日市がある。異国との出会いが日常である土地、その地理的感覚を味わえたこと。もう一つは池澤氏と秋吉氏の血の問題を考える契機となったことである。秋吉氏の話がリアリティを感じさせたのは二人の容貌がとてもよく似ており、どこか異国風であったからである。そこに濃密な血のつながりを感じたのである。そしてそのつながりの根には福永武彦の母トヨがいる。

（1）「幼年」は「群像」（一九六四・九）に発表され、プレス・ビブリオマーヌから二百六十五分限定として一九六七年に刊行された。全集7

（2）「氷山の南」は北海道新聞、西日本新聞などのブロック紙四紙に二〇〇九年九月から翌年九月まで連載され、二〇一二年三月文藝春秋社から刊行された。

3 「幼年」主題と方法

作家にとって幼年時代がいかなる意味を持つのかを問うことは、その作品にその時代がいかなる影響を与えたのかを問うことと同義であろう。人間が一人の人間として形成されるときの基礎基盤は幼年時代に決まると考えるのは一般論としても奇異ではない。福永にとっては失われた「母」の問題が重要であった。「幼年」という作品がある。残念ながら作家の幼年時代を時間軸に沿って忠実に写したものではないが、福永に関する年譜はこの作品に依拠して作成、定説となっている。しかし、作品そのものの指し示す世界は幼年時代のノスタルジックな描写へとは向かわない。むしろ幼年時代へと向かう作家の意志、あるいは方法こそがテーマとなっている。

その事情は福永自らが明かしてくれている。戦前から書き始め完成しえなかった長篇に「独身者」[1]がある。その登場人物木暮英二の口を借り、幼年時代を書くことの意味を語らせている。

幼年時代は、当人が過去を追想する限り、誤りの多いものだ。（中略）しかし僕が考えていたものはそうした夾雑物のない、謂わば純粋な記憶なのだ。人から教わって自分でもその気になったような性質のものではない。あなたのお母さんは綺麗な人だったと教えられて、母親の美しさを再現するのではない。母親の記憶として残っている一つの匂、その匂から母親の美しさを再び眼の前に思い浮べようとするのだ。（「独身者」）

書き記すべき対象は「純粋な記憶」であるとする。その具体例が「匂」から想起される「母親の美しさ」なのである。「純粋な記憶」は「母」に直接結びつく。そうした上で、自分が書こうとしている小説の記述の方法を次のように述べる。

僕の過去は断片の集積に過ぎず、それもごく平凡な、事件らしい事件のない一つの気分の連続にとどまって、決して一個の纏った chronologie を形成することはない。そしてそれでいいのだと僕は思う。幾つかの断片の中から過去の Urtypus が感じられれば僕は満足なのだ。

そうした遠い過去にとって、追憶の契機、追憶への出発が過去の鍵を開く重要な因子である。僕にとってはどういうことを思い出したかよりも、どういうふうにして思い出したかの方が遙かに興味がある。文学的な野心は、謂わば思い出しかたの如何に懸っているとも云えるだろう。しかしどういうふうにしてということを詳しく書くためには、現在話を述べている作者が如何なる人物であるかをまず説明しなければならない。現在があることによって過去への出発が意味を為して来るからだ。徒らに過去に出発したとしても、それは作者の愛惜する幼年時代の尊さを読者にまで肯定させてはくれないだろう。しかし、そうかと云って現在を詳しく述べ始めたなら、僕の考えているような純粋な幼年時代というものは不可能になるだろう。僕は文学的な野心なしで幼年時代を書きたいとは思わない（今迄に書かれたこうしたジャンルの作品は大概一種の遊びにすぎなかった）。しかし純粋に書くことと、野心的に書くこと（それは必然的にどういうふうにしての問題とぶつかる）とは今の僕には aporia としか思われない。（「独身者」傍点は福永）

福永自身が傍点を付した「どういうこと」と「どういうふうにして」が小説作法を示している。福永は「どういうこと」すなわち幼年時代に起きた出来事をそのまま書こうとしているのではない。むしろ「どういうふうにして」書くかが問題だとする。描こうとするのはこれも傍線を付す「純粋な幼年時代」である。それを「現在」を「出発点」にして描きたいという。その方法に「文学的な野心」があるとする一方で、そうすることが「純粋な幼年時代」を損なうのではないかと危惧している。

その「どういうふうにして」書くかという問題が解決され出来たのが「幼年」という作品である。「独身者」はその後書きによると「昭和十九年六月二十三日という正確な日附に於て書き始め」「その年の秋ごろ」「ぽつんと途切れてしまった」（『独身者』後記）ものだという。一方「幼年」は一九六四年「群像」九月号の発表だから「独身者」からは丸二十年の時が経過していることになる。作家が aporia を克服するのにそれだけの時間が必要であったのだと言える。しかし、そのこと以上に「純粋な記憶」を書き留める作家内部の必然性がこの間途切れなかったことに感嘆すべきだろう。

また福永は「独身者」という長篇小説に没頭した理由をこう記している。「戦争が苛烈になり、いつ兵隊に取られるか、またその結果としていつ死ぬか分らないような青年にとって、すべての人物を自己の分身として生き抜くことが、短い人生を永遠に生かすための唯一の方法というふうに思われた筈である」（『独身者』後記）。つまり、「幼年時代」を語る木暮英二は紛れもなく福永自身であったということである。その分身は二十年の時を得て作家となりaporiaを克服し「幼年」という作品に定着させることに成功したのだ。
では、そのaporiaを克服した手法とはどういうものであったか。これもまた福永自身が解説してくれている。

私はここ迄作品という字を使って小説という字を使わなかったことに気づいたが、こういう無意識な表現にも見られるように、これは小説と散文詩とエッセイとの混り合った一種のアマルガムで、私は初め、単純な思い出のように書こうとし、次に多少の理屈を伴ったエッセイのように書こうとし、最後には（長い間手を拱いたあとで）幾つかの断片から成る小説を書こうとした。出来上がったものは小説である筈である。意識と無意識との境、現実と夢との境、現在と過去との境、私ともう一人の私との境、そうした取りとめのない処を往ったり来たりして、出来たものが事実と想像との境に立っているような、一種の内的な記録であることを目論んでいた。しかしここに書かれたものは、すべて魂にとっての真実に立脚している筈で、分類すればやはり小説というジャンルに属すべきものであろう。（『幼年』について」）

福永は「私ともう一人の私との境」を表現する技法を獲得した。そのことで、「事実と想像との境」を描出することができたのである。その技法とは「改行」を用いることであった。初めて「幼年」を読む者は、一文が途中で途切れ次の行に移ってしまうことに面食らうだろう。果たしてこれは誤りなのではないかと思う。しかし、読み進めるうちに、そこにはある法則性と必然性があり、何とも言えぬ効果があると感じるようになるだろう。
基本的に「改行」は語り手である「私」と、語られるべき「子供」との間に行われている。「私」が過去に遡り過去の「私」の記述を始めると、三人称の「子供」（あるいは「彼」）が現れ、主語となる。そこに「改行」が現れる。たとえば、こんなふうに。

私は覚えているわけではない。どんな夢を
子供が見るものか、見たものか。しかし確かに子供は彼の就眠儀式が終るか終らないうちに、もう夢の中にいて、その中で笑ったり叫んだりしていたのだ。その夢の内容があまりに面白くて、僕はきっとこれを忘れるだろう、だって覚えるにはあんまりややこしくて面白いんだもの、と呟いていただろう。その通りだ、それなのに
やがて私は——今の私ではなく、もっと昔の、その時からほんの半年か一年か経ったばかりの頃の私でも——どんな夢を寮の二階で見ていたかを忘れてしまった。それはちょうど
その時から何年か前の、そこからは遠く遠く離れた九州の或る都会の小さな家で、子供がお父ちゃんとお母ちゃんとに見守られながら安らかに眠り、その眠りの間に数々の愉しい夢を見た筈なのに、その夢のことはもう綺麗さっぱりと忘れてしまっていたのと同じように。（「幼年」①「就眠儀式」以下「幼年」からの引用は断章ごとに付けられた見出しで示す。また便宜上断章の順番を番号で示す）

過去の「私」が三人称の「子供」として現れ、その内面に思いが及びそうになるとまた行が変わる。「私」は「子供」を「私」の世界に回収し、「子供」の思いを先回りするかのように説明を始める。「私」と「もう一人の私」である「子供」との「境」を「改行」という大胆な手法で行き来するのである。そこで文は一度脱臼する。ただその脱臼が繰り返されることで均衡が危うく保たれている。そしてまた、その危うさに隙が生じ、読者の想像力がかき立てられるのだ。

ところでこの「子供」というのは総題である「幼年」時代の子供ではない。「私が現在の時点から小学校の上級生だった頃の生活」（⑨「音楽の中に」）、すなわち「少年時代」を指している。なぜならば、「私の幼い頃の記憶は、——

果してそこにどのような打撃があったのか私にはすべて不明だが、一面の闇としか言いようがない程、私の視野から掻き消えてしまっている」⑦「初めに闇」）からである。では、「幼年」は「幼年時代」を描けないことになる。そこで用いられるのが「否定」と「逆接」である。否定されるのは「子供」が向かおうとする「幼年時代」の思い出である。何度も否定、いや全否定が繰り返される。たとえば次のように。

「不思議に少しも思い出さなかった」（①「就眠儀式」）
「私は覚えているわけではない」（①「就眠儀式」）
「もう決して（ほんの僅かばかりの記憶をのぞいて）思い出さなかった」（①「就眠儀式」）
「私は謂わば Arcadia の記憶というべきものをまったくと言っていい程なくしてしまった」（①「就眠儀式」）

福永はこのように「幼年時代の思い出」を全否定する。しかし一方で逆接を用い、その「思い出」を全否定から救おうとする。断章③「夢の繰返し」の始まりは「しかしすべてが忘れられてしまったわけではないだろう」である。⑧「薄明の世界」と題した断章は「しかしすべてが闇ではない」と始まる。いずれも「しかしすべてが〜ではない」という書き出しである。逆接の後、部分否定を用いることで一度否定された世界にわずかな隙間をつくろうとしているのだ。「幼年」は全編にわたりこのようなフラフラした言説が用いられている。一般的には曖昧でどっちつかずのわかりにくい文体と言えるだろう。しかし、だからこそ「意識と無意識との境、現実と夢との境、現在と過去との境、私ともう一人の私との境」というものを描くことが可能になる。そして、その隙間に湧き上がってくるのが過去の断片、「幼年時代」なのである。

そしてもう一点の特徴は「幾つかの断片から成る小説を書こうとした」ところにある。「幼年」は①「就眠儀式」

から始まり⑱「夜行列車」に至る見出しのある十八の断章から成っている。それぞれが完結した世界であり、一つひとつは充分エッセイとして通用するだろう。それゆえいわゆる小説としての物語、時間軸にのっとったストーリーはそこに存在しない。しないものの、断章はそれぞれが絡み合いながら一つの気分を作り出すことに成功している。「独身者」の中の木暮英二の言葉にあったように「僕の過去は断片の集積」であり、「決して一個の纏った chronologie を形成することはな」く、「幾つかの断片の中から過去の Urtypus が感じられ」ることを福永は目指し、それを実行したのである。

ではこの十八の断章に散在する「過去の断片」は「どういうふうにして」救い出されるのか。たとえば④「飛翔」、⑤「沈下」という二つの断章には①「就眠儀式」のときに行う二つの空想、夢への願望がそれぞれ描かれている。空を飛び、海底に潜るその空想はいずれも幸福な夢を見るためのもの、「断片」へとつながる夢への回路を描く。また⑨「音楽の中に」の章にある「ハモニカ」や⑪「錨」の章の「軍歌」、⑭「ヴァニラの匂」の章の「葛湯」など、すべては失われた幼児の記憶を呼び起こすきっかけとなるものである。音や匂いといった境界を越境しやすいものが「断片」すなわち母の記憶につながっていく小道具として使われている。しかし、それら小道具が実体を持たないのと同様、断片はすべてはっきりとした形を持たない記憶でしかない。十八の断章はそういった断片を断片のまま提示するだけである。そのため読者はその断片を一つずつ受け取り、読者の内部に積み重ねていかねばならない。そうすることで「私」と「子供」が「どういうふうにして」「純粋な記憶」を拾い集めようとしているか、読者自身が小説に参加する形でその方法を、直線的ではなく複層的なものとして知らされることになる。

「改行」、「曖昧な文体」、「断章の連続」という三つの手法、すなわち器があってはじめて「私」が求める「過去の断片」という内容を盛ることが出来た。一方その器はきわめて脆弱なバランスの上で成り立っている。その危うい均衡を崩さずに受けとめ、その曖昧さに耐えられる読者だけが「幼年」の世界を理解するのである。

「幼年」はストーリーを持たない。その点で奇妙な小説である。語り手の「私」の「記憶」に関する考え方を示す批評的な要素も強い。しかし、それが小説としてまとまりがあり、何より美しく感じるのは、そこに「記憶」に関する切実な思いが描出されているからだろう。次第に薄れていく「記憶」。福永は言う。「一体なぜ私は、私だけが、幼年の記憶を失ってしまっているのだろう。人は私のそのような空白を或いは嗤い或いは憐むが、それを一番悲しんでいるのは私自身なのだ」（⑰「暗黒星雲」）。そして、更にこの小説を美しくしているのが、語り手の「私」が関与できない話者、母の声である。話者の問題について福永はこう考えている。

> 会話が読者と小説家とから等距離に離れて（客観的に）存在することはあり得ない。例えば——と私が言い——と彼が言ったとする。私に主たる視点がある場合、彼の言葉は私によって聞かれたので、客観的に二つの言葉が読者の前に平べったく並んでいるわけではない。会話は作者の物であってはならずそれは登場人物たちの物であり、もし二人の人物の何れの視点にもそれが属していなければ多数者の視点に立つことになる。そしてこの視点はつまり読者の視点ということになり、そこから読者の参加の問題が生れて来る。（「小説論のための小さな見取図」全集12）

母の声は「私」に制御されず、もちろん作者に還元されない。それは闇の中からふいに現れ、読者の耳に鳴り響く。福永の駆使した技法、あえて隙をつくることで夢と無意識への回路を生じさせ、そこを通って声が勝手に立ち現れるのだ。

待ってなさい、もうすぐ行くから、

いま忙しいの、
お悧効でしょう、もうじきだから（②「夢の中の見知らぬ人」）
待ってらっしゃい、もうすぐ行くわよ、
じっとしているのよ、
早く、こっちよ、（③「夢の繰返し」）
坊やは寂しくなんかないわね、（⑧「薄明の世界」）
いいのよ、心配しないでいいのよ、坊やが元気でいればそれでいいのよ、（⑬「墓地の眺め」）
坊やはどこへ行ったの、早く帰っていらっしゃい、（⑱「夜行列車」）

変奏され、繰り返される母の声を聞くためにこの小説は書かれた。

（1）「独身者」は中絶されたまま筐底に眠っていたが、一九七五年槐書房から未完のまま刊行された。全集12

4 「幼年」血のつながりA　父の問題

福永武彦の生い立ちを語るとき、「幼年」の記述を外すことはできない。源高根の「編年体・評伝福永武彦」（『國文學』一九八〇・七）も開成中学に入学するまでは多く「幼年」から材を取っているし、曾根博義「福永武彦の人と作品」（『鑑賞日本現代文学27井上靖・福永武彦』角川書店　一九八五）も同じである。確かに「幼年」というテキストは自伝的要素が強い。たとえば、「幼年」の中には「過去の大略」として福永の生い立ちの「記録」が書かれている。

私は太宰府に通じる二日市の駅前にあった肥前屋旅館の離れで生れた。そこは海軍の伯父の養家に当っている。その頃父はまだ大学生で東京にいた。母は私を連れて佐世保の実家に戻り、父は七月に大学を出て或る銀行の横浜支店に勤務し、翌年借家を見つけて母と私とを横浜へ呼んだ。数年後に母は健康を害して佐世保に戻り、やがて父が福岡支店勤務になったので、親子は福岡に住むようになった。関東大震災より以前のことである。浪人町や大名町や唐人町などの借家を転々とし、やがて私は小学校へはいった。私が二年生の春、弟が生れ、母が死んだ。翌年の春、父が東京転勤になったので父と私とは弟を抱いた乳母と共に東京へ移った。⒄

「暗黒星雲」)

これは正確な記録であるし、疑う余地もないのだが、私は「幼年」の自伝的な要素を拾いつつ、そこに隠れている意味を見出したいと考えている。それは、2で述べた「血のつながり」に向かうものである。「幼年」を読んでいて疑問に思うのは、母への強い思慕に比べると父への感情は極めて微妙で、浅いものに感じられてしまう点である。

それは父が「私」や「子供」が追い求める母につながる一切のものを隠したことに起因するのかもしれない。「幼年」ではそれについて三カ所の記述がある。

確かに私には追想のための契機が少かったことを認める。父は私に対して亡くなった母についての思い出話を一切しなかった。頑固なまでに記憶の再生に役立つあらゆる品物を破棄し、あらゆる交際を中止した。（①

「就眠儀式」）

父は私の子供の頃の写真を、そして私と関係のありそうな種類の写真をどこかにしまい込んで（⑬「墓地の眺め」）

そこに記憶を回復し復習する手段がなかったことも理由のうちに数えられるだろう。何しろ私の父は過去のことに関しては頑なに口を噤んでいて、亡くなった母を思い出させるようなことは決して言わなかったし、恐らくは父自身も母の記憶を大事にしていたから（そしてそれは同時に自分の息子に対する愛情の表現でもあったのだが）その後の二十年もの間、つまり私が大学を出て一人で歩けるようになる迄、独身を続けたのだろうと私は思う。（⑰「暗黒星雲」）

これらの父の振る舞いは既に初期短篇の「河」（全集2）に書かれていたことである。「河」の父親は決して子供に心を開かず、妻の記憶にだけすがり亡霊のように生きている人物として描かれていた。その作中人物と福永の父はイコールで結ばれないのだろうが、その人物造型に実際の父が生かされていることは間違いのないことだろう。母を断ち切る父。

仮にそのように要約すれば、実際の父と「河」の中のむごい父は近しい存在であると言える。

また父に対して、母の兄である「海軍の伯父」の存在の方がこの「幼年」ではより重きを置かれて描かれているのも気になる点である。

私の幼稚な知識を（寧ろ空想を）促した張本人は海軍の軍人で天文学を専攻していた私の伯父で、私は母親似のせいか亡くなった母の兄に当るこの伯父と一緒にいるとよく親子と間違えられたものだ。（④「飛翔」）

私に最も近かったのは勿論父だが、父は（恐らく父自身が恥ずかしかったせいだろうが）私が甘えるのを寄せつけない面があり、亡くなった母の分だけ私を可愛がるような器用なことは出来なかったし、それは逆に言えば私の方が父の手にしがみつかなかった、そうすることが恥ずかしかったということにもなり、変によそよそしいところのある親子のように人目には見えたかもしれない。二人の間に少しばかり距離があったのは、父と私とが容貌の上であまり似ていなかったこと、私は母の方に生き写しで、従って母の兄である海軍の伯父と一緒の時の方が寧ろ親子らしく見えたが、そういうことも原因になっていたのだろうか。⒃「屋根裏部屋」）

父と子供は互いに恥ずかしがりよそよそしいところがある、それは男同士の関係においては珍しくはないだろう。しかし、その原因を伯父の方に容貌が似ているからだとするのは奇異ではないだろうか。父と私は似ていないからよそよそしくなるということが果たしてあるのだろうか。そこになにかしらの謎を感じ、出生の秘密にまで踏み込んだのが首藤基澄だった。母トヨの従姉妹井上ミ子《ね》の証言から、武彦の父が別にいることを明らかにした。

トヨは、利雄の養家先肥前屋で武彦を出産する時、お産が重くて死にそうになり、最後の懺悔をした。ミ子も看病していたので、その場にいた。トヨは持ち直したが、懺悔は武彦の出生にかかわるものであった。伝道師として活動していて病気になり、別府へ療養に行ったトヨは、やはり別府で療養生活をしていた銀行員と関係ができ、身ごもってしまった。トヨと親しかったミ子は、その時生理が止まったことを知らされたという。そこで、軍人で面倒見のいい兄利雄が東京へ連れて生き《ママ》、かねてから好意をもっていた末次郎と添うようにしたのであった。

ミ子によれば、末次郎が閉鎖的で頑固になったのは、このトヨの懺悔を聞いた後かどうかは明確ではないが、武彦は末次郎には全く似ていないで、伯父の利雄似であったという。(「父なるもの――「河」を中心に――」『福永武彦・魂の音楽』おうふう 一九九六)

この証言に加えて首藤は「草の花」の原型となった「かにかくに」[1]を引く。

父が此の後妻の子を愛してゐるのを見る度に(彼は此の子が弟だといふ気がしなかつた)自分と父親との間の血の繋がりの有無をさへ疑つた。父は晋を憎むような眼差しで見つめた。容貌も性格も全然似てゐない父親を見る度に、晋は本当の父が他にゐるのぢゃないかと思つた。そして自分に関する一切の秘密を自らに秘めて死んだ母親を心から恋しく思った。(「かにかくに」)

やはりここでも「容貌」が問題にされ、「本当の父」かどうかが疑われている。首藤は「一切の秘密を自らに秘めて死んだ母親」に着目し、文章の流れから「母の秘密など全く関係ない」(「父なるもの――「河」を中心に――」)のに、それを書いていること自体「秘密」があることを示唆しているとする。

確かに首藤の説は説得力がある。この問題については曾根博義が「昭和文学研究」第三五集(一九九七・七)の書評の中で「傍証がない」と異論を唱えたが、同じく「昭和文学研究」第三七集(一九九八・九)で「曾根博義氏の書評に答える」として首藤が反論している。福永の父の問題はミ子一人の証言ではなく「親戚との重なる面談」から得られた結果であり、「傍証がない」という批判は当たらないというものであった。その後、この件についての論争はなく、この反論で結着したものと考えていいだろう。

「かにかくに」、「河」を経て「幼年」に至る道筋の中で、やはり父に対する距離は埋まらないままだった。それは母方の親族に比し、父方の親族に対する突き放した表現でも浮かび上がってくる。

　同居していた父の養父が亡くなり、その後添[2]に来ていた私の義理の祖母（④「飛翔」）

　祖母の方は全然虫が好かず、またその姪だか姪の子だかに当る女学生が一時同居していたことがあったのに、その女学生にもちっとも馴染もうとせず（④「飛翔」）

　子供にとってはがみがみ言うおばあさんや田舎弁のお姉さんと一緒にいるよりよっぽど面白かった（④「飛翔」）

　父の養父であった私の祖父が亡くなり、その後添だった私の祖母が田舎に引き上げたあとで（⑫「記憶の迷路」）

　女子大の隣の家にいた時のおばあさんはおよそ子供を可愛がることからは縁が遠かったし（⑯「屋根裏部屋」）

「幼年」は同じような表現が繰り返されることも特徴の一つだが、「父の養父である」や「後添」であることを重ねて表現する必要は果たしてあるのだろうか。あるとすれば、自分との距離を出来るだけ離そうとする意志のようなものではないか。特に「姪だか姪の子だか」と朦朧と表現するのは、一時的にはせよ同居していた親族を正確に把握したくなかったことをある種の嫌悪感を込めて表現しているようにしか思えない。

　一方で、母に連なる人々については、先述の伯父も含めて逆に親密さ、思慕の念が露骨に表現されている。

　そこには母や伯父の両親がいて、そのおばあさんは盲だった。やさしくて品のいい祖母なのに、そして祖母が好きでたまらないのに（⑪「錨」）

　もう遠くなった佐世保の記憶が、白いひげの生えていたおじいちゃんや（既に死んでいた）、やさしかった盲のおばあちゃんや（既に死んでいた）、そこに一緒にいた筈の、しかしもうその顔かたちをはっきり思い出すこともないお母ちゃんや（既に死んでいた）、（⑪「鏰」）

子供の記憶の中では、お母ちゃんや盲のおばあちゃんやよそのお姉ちゃんなどの、その顔はもう思い出さなくてもそのやさしさだけは魂の羽ばたきのように残っている人たち（⑯「屋根裏部屋」）

もちろん、福永の求める母に直接結びつく祖母であるから、身贔屓があっても仕方がないだろうし、実際に「やさしさ」を与えてくれたのかもしれない。まして「既に死んでいた」のだから、母と同様「おばあちゃん」も福永の失われた「幼年時代」の幸福だった世界の住人であったのだろう。

しかし、やはり父方の親戚と対比させるとあまりにも扱いが違い過ぎはしないだろうか。死の側にいる者だけが美しく、生きる者は醜いとでも言うのだろうか。この際だった違いは福永の何を私たちに示すのだろう。単なる母恋しの延長としてとらえてよいものだろうか。そうでないとすれば、この表現のズレはやはり首藤論文につながる傍証となるべきことなのだろうか。

（1）一高時代「校友会雑誌」（一九三六・六）に発表され、現在は『未刊行著作集19　福永武彦』（白地社　二〇〇二）に収録。

（2）祖父菊次郎の義母マツは井上家出身。最初の妻夕子《ね》はマツの実子。後添いのトメは井上家と関与しない。

5 「幼年」血のつながりB 二人の母

福永武彦が幼くして母を失ったことが、その後の福永文学を規定してしまったこと。そしてそれが結核での療養所体験と直結され論じられてきたことに誤りはない。しかし、そこには欠けたものがある。一つは福永自らが築いた家族の問題であった。たった一度しかなかった家族での生活、そのことの意義を私はこれまで何度か論じてきた。しかしつい最近まで全く気づいていないことがもう一つ別にあったのだ。

二〇一一年秋、帯広市図書館主催の「ふるさと再訪」で講演を頼まれた。「帯広・福永武彦、池澤夏樹、原條あき子〜伝記的試み」と題を決め、その準備として「福永家系図」を初めて作成した。そこで今まで考えてもいなかったことに気づかされた。弟文彦の存在の重要性である。そのことを考えるために今一度福永の年譜的事実を確認したい。

文彦が生まれたのは一九二五年。それは母トヨの死と引き換えだった。その翌年、父末次郎の転勤のために一家は上京する。母方の伯父秋吉利雄方に寄寓する。文彦はその秋吉家の養子となった。またその翌年には福永が日本少年寮に入り、父はその近所に住むことになる。日本少年寮は福永に文化的な影響を与えた。福永のために寮に住み込むことになった矢野安枝が母親代わりになった。二年後廃寮となると父と父の養父母と雑司ヶ谷周辺で暮らすことになる。三〇年東京開成中学に入学。三四年第一高等学校文科丙類に入学、本郷の向陵中寮五番に入室する。三六年には寮を出て、実家に戻る。この年弟文彦が亡くなる。十七歳だった。三八年東京帝国大学文学部仏蘭西文学科に入学。四一年卒業した。開成、一高、東大を通して中村真一郎と親交を温めたことや、一高時代の所謂「草の花」事件など、この間の経験はどれをとってもかけがえのないものであった。それは福永のみならず思春期の経験が一人の人間を形作る点では変わりがない。そのかけがえのない体験の中で隠れてしまっていたのが文彦との関係である。文彦に焦点を当てて、もう一度福永の年譜を見直そう。

福永の母トヨは、文彦の生と引き換えに生を失った。そのため父は母の兄秋吉利雄と母の従姉妹である千代が結婚して暮らしている東京に移ることに決める。幸い秋吉家にはまだ子どもがいない。秋吉家であれば、妹の子どもを大切に扱ってくれるはずだ。妻の死後一年が経ち東京転任がかなった末次郎は秋吉家に寄寓し、もう一人の子ども武彦の行末を考えた。息子の自立をまず第一に考え日本少年寮に入れることにした。天沢退二郎が「『幼年』の背景」(全集月報3、5)という文章でその経緯と背景を描いている。中学生以上が寮生となれる条件の中、末次郎は大学で同級だった蘆沢威夫が少年寮の理事であった関係で武彦を入寮させてもらうことができた。創設者の奥宮加壽は思い悩んだが、父末次郎が近所に住まうこと、蘆沢が部下の矢野安枝を武彦の世話をするために寮に住み込ませるという条件を整えたためしぶしぶ承諾したという。一方この時点で福永一家は母トヨという求心力を失い、離散したことになる。

その中で福永が愛情を求めようとしたのは誰であったろうか。福永は「幼年」の中で「結局彼を一番可愛がってくれたのはYさん」[1]⑯「屋根裏部屋」)とお手伝いの「お玉さんとの二人だったろう」としながら、一方で「二人とも結婚する以前で子供を育てた経験もなく、彼の方も積極的に愛情を求めようとする意志を持たなかった」と全面的に甘えきることが出来なかったと記述する。また父に対しても甘えきることが出来なかった。その理由は前章に書いた通りである。つまりは、父よりも伯父に親近感を抱いていたということである。しかし、福永は次のように付け加える。

子供が甘えたかったのは、また子供が甘えることが出来るのは、女性に対してであり、もしもお母ちゃんの代りをつとめてくれる人がいさえすれば子供はそれでしあわせになれただろうし、たとえ代りというのではなくてもやさしくさえしてくれればそれでよかった筈なのに、例えば海軍の伯父さんのところには彼の弟が養子に行っていて、そこの伯母さんは子供に対してもまるでお母ちゃんのように面倒を見てくれていたのにやがて亡くなってしまったし（⑯「屋根裏部屋」）

亡くなってはしまったが「まるでお母ちゃんのよう」だったと言っているのはこの「伯母」だけなのである。しかし、「幼年」における「伯母」はあまり印象に残らないように書かれている。「Yさん」や「お玉さん」が再三文中に登場するのに比して、「伯母」のことはここともう一カ所しか記述されていない。

東京へ来た初めは親戚の家に同居していて、そこには亡くなった母の兄に当る伯父と、そしてやさしい伯母とがいたから気の紛れることも多かっただろう（③「夢の繰返し」）

この頻度の少なさ、情報量の少なさが伯母に対し研究者が目を向けなかった原因だろう。しかし、この「伯母」の重要性を福永は弟の記述を通して示唆しているのだ。

この弟は海軍の伯父に養子に貰われ、その家で中学を卒業した年に十八歳で死んだ。伯父の方もその数年後に死んだ。そして私は、弟には産みの母親の記憶がある筈もなかったから、彼にとって幼年とは何だったのだろう、私のそれよりも一層暗い闇というにすぎなかったのだろうかと考えるが、私は生前にそれを彼に訊いたこともなく、また最早決して訊くことは出来ないのである。（⑰「暗黒星雲」）

「産みの母親」の「記憶」がない弟の「幼年」。もちろん実母の記憶はないのだから、その意味では「暗い闇」と言えるだろう。しかし、弟にとって、物心がついたとき、母親は現前していたのではないか。一歳で預けられた秋吉千代が母親だったのだ。それも「やさしく」「お母ちゃん」として存在していたはずである。ならば、弟の記憶に探るべき意志を与えるような「闇」は存在しないのではないか。そこで思い起こすべきことは「亡くなってしまったし」という短い記述である。実は千代もまた早くに亡くなってしまっているのだ。

千代も佐世保、二日市を中心にした一族の一員である。井上、吉広、秋吉、福永、こういった一家が子供がなければ養子に出したり迎えたりし、いとこ同士であれば結婚させるといったつながりを持っていた。福永の母トヨは井上家の子供であり、兄が利雄である。その利雄は秋吉家に養子に出されたため姓は違ってしまったが、血のつながった兄妹である。利雄と結婚した千代もまた井上家の人間であり、トヨと利雄の従姉妹に当たる。つまり、いずれも井上の血でつながっているのだ。一方、末次郎は同じ井上の血縁の福永家ではあるが、自身は関家からの養子であり、一人だけ血のつながりが薄い。福永が父より伯父に親近感を抱くのも風貌をも含めた血の信頼感によるものかもしれない。

ところであの「独身者」には「幼年」の制作技法の他にもう一つ大事なことが書かれていた。それは、木暮英二がトルストイの「幼年時代」を例に上げて質問したことに対し、病弱な弟修三が答える場面の中にある。

――うん。僕は家族の中を流れている祖先の血というようなものを時々感じる。謂わば、美しいもの、高貴なものへの意志が、僕たち兄弟に残された大事な遺産じゃないかしら?（「独身者」）

「遺産」としての「祖先の血」。それゆえ千代もまた福永にとってはより近しいものとしてあったはずである。弟の義母であることはまさしく自分の「義母」であったはずである。「まるでお母ちゃんのよう」であったのは紛れもない真実の言葉なのである。

その千代が亡くなったのは三二年。武彦十四歳、文彦は七歳の時のことである。武彦の母トヨが亡くなったのが奇しくも福永が七歳の時であった。不思議なのはこれだけではない。文彦を嫡男の養子にした利雄と千代は、その後長女の洋子を授かった。そして二人目の子供恒雄を産んだ後、千代は産褥熱で亡くなってしまうのだ。トヨが二人目の子供文彦を産んで亡くなったとの全く同じことが繰り返されたのである。このことは文彦の義弟に当たる秋吉輝雄の証言でわかったことだ。

墓参で大変なことを発見した。文彦や宣雄のほかに、恒彦と言う兄がいたことを聞いていた。生まれてすぐに死んだことも。それで墓碑を見たら洋子の生母の死から十日と間を置かずに亡くなっている。驚いたよ。(2)(「文藝空間」第十号一九九六・八)

「幼年」で「私のそれよりも一層暗い闇というにすぎなかった」と記述した意味がここで明確になる。産みの母が産褥熱で亡くなり、育ての母も産褥熱で命を落とす。「一層暗い」というのは産みの母の記憶に対してだけを言っているのではなかった。むしろ武彦が経験した母親の喪失と同じ体験を文彦がし、更に自分の生と引き換えに亡くなった実母の口伝えの経験も加わっていることに対して、そう記述しているのだ。二重の負の体験。

そしてこの経験は、福永自身にとっても衝撃であったに違いない。父よりも伯父に親近感を持っていた福永が、トヨの血を引く千代に心を寄せないはずはない。文彦とは違う喪失感を味わったに違いないのだ。あるいは、繰り返される運命の悪意に戦慄したのかもしれない。

それほど重要な「伯母」の死をなぜ、福永は「亡くなった」という一言で済ましてしまったのだろう。ここで、もう一度「Yさん」、「お玉さん」に対する記述と比較してみよう。福永は「Yさん」、「お玉さん」が可愛がってくれたことは認めつつも、「結婚する以前で子供を育てた経験」⑯「屋根裏部屋」）がないから「積極的に愛情を求めよう」としなかったと、未婚を理由にある種の切り捨てを行っている。それに対して千代は文彦を育て、洋子を産んだ母親である。だとすれば「Yさん」、「お玉さん」と対比される千代に「積極的に愛情を求め」たと考えることに無理はないだろう。また「幼年」の同じ場面では「伯母」の記述に続けて「分教場の女の先生」、「女子大の隣にいた時のおばあさん」、「ピアノの先生」と女性が並べられている。しかし、いずれも「目の敵」、「可愛がることからは縁が遠かった」、「乾からびた干魚」と一蹴している。むしろわざと貶めるために列挙しているようにも見える。それは、「伯母」と対比するために必要だったということだろう。

このように福永の千代に対する愛情は、他者との比較の中で浮かび上がるようになっている。つまり「伯母さんは子供に対してもまるでお母ちゃんのように面倒を見てくれていたのにやがて亡くなってしまった」というこのわずかな記述の中に福永の最大限の愛情が込められていたのだ。では、なぜ、これほど短い記述しか残さないのだろうか。そこに福永武彦という作家のスタイルと「幼年」という作品成立の謎を読み取ることが出来るだろう。

福永はプライバシーに関わる最も大切なことは書かない主義の作家である。それはこれまで福永と帯広の関連を論じてきて痛切に思ってきたことである。仮に例をあげるなら、引用してきた「独身者」の後書きにもそれは発見できる。四四年の六月から書き始めた小説を秋には中絶してしまう理由をこう記す。「その年の秋作者の身辺が俄に多忙になって、残りを書き続けるだけの時間を捻出できなかったということになるのだろうか」ととぼけているが、実は秋に山下澄と結婚し家庭を持ったこと、それでもう「独身者」ではないし、小説を書いている暇もなかったというのが真相である。

もう一つは、仮に伯母を二人目の母だと考えた場合、かつて自分が七歳の時の体験と同じことが、十四歳の時に起きたとするなら、二人目の母の死をそのまま書くことは出来ないだろう。なぜなら、仮に七歳の頃を「幼年」が指し示すように忘れてしまったとしても、伯母の死という「経験」が福永の言う「純粋な記憶」を脅かすものになるからである。産褥熱で伯母が死ぬということを十四歳で経験したとすれば、それを「忘れた」とは表現できないし、仮にそのまま表現したとすれば実の母トヨの死の衝撃は薄まり、伯母の死の経験に回収されてしまうことになるからだ。つまり、伯母の死を切実な思いで受け止めたとしても、その経験の重みのみを胸に秘めた上で「書かない」ことを決心しなければ「幼年」という作品そのものが成立しなくなってしまうのだ。

だからこそ、あの記述だけですりと通り抜けるのだ。伯母の死を経験として受けとめつつ、その死の真相を隠蔽することで成り立っているのが「幼年」というテキストなのである。

しかし、これも福永という作家の特徴であるが、その痕跡をわずかであっても残していたのである。

(1) 矢野安枝のこと。

(2) 恒雄の誤り。鈴木和子の調査による。

6　おわりに

秋吉輝雄氏は二〇一一年三月、震災後数日して亡くなった。二人にサインしてもらった『ぼくたちが聖書について知りたかったこと』は私の本棚に並んでいる。扉を開けると微笑んだ二人の写真が挟まっている。やはり二人はとてもよく似ていた。

「河」論——父の系譜

1　「河」の意味

福永武彦に「河」の意味を直接聞いたのは菅野昭正であった。「死の島」が上梓され、福永文学に注目を集まっていた頃に「國文學」（一九七二・一二）誌上でも福永武彦特集が計画された。その座談会。菅野は福永の心理に何らかの「河」の原風景が眠っていると感じ、その意味を質問した。しかし、福永はまともに受け答えをしない。茶化すというか、はぐらかすというか、とにかく自身と深く関わらない一般論にすり替えようとしているかのように見える。

菅野　象徴的な意味では、「忘却の河」とか「心の中を流れる河」とか、そういう作品の主題になるわけですけれども。そればっかりじゃなくて、作品のなかで、「河」が非常に大きな意味合いをもつことが多いような気がするんですが。そういう点で、何か実際の体験で、河が重大だったというようなことがおありになったわけですか。

福永　いやあ、そういうこと、全然ないですね。だいいち、河、よく知りませんからね。

まず「河」をよく知らないとはぐらかす。

菅野　ごく初期に書かれた「河」という短篇とか……

福永　あれはそういう意味では……

菅野　それから、「忘却の河」の主人公の幼児の記憶とか、小説の世界で「河」のもつ意味というのは、非常に大きいように読めるのですが。

福永　ええ、「河」は大きいですね。だけれど、その前の「塔」なんていうのには河は全然出てこないでしょ？

菅野　そうですね。

次に「塔」には「河」が出て来ないと茶化す。「塔」は舞台が「塔」なのだから、「河」は考える対象にすらならない。それなのに、そんな例を引いて誤魔化してゆく。

福永　ですからそれは作品次第です。「河」では一種の、此岸と彼岸ですか、こちら側と向こう側ですね。要するに、向こう側は「夢の世界」、「マラルメ」的な「夢」ですね。そういう意味では、河は此岸と彼岸を暗示するもので、「流れてゆくもの」という感じじゃないと思うのです。「心の中を流れる河」では、そうじゃなくて「流れてゆくもの」としての「河」で、それはつまり、「心」というものが流動するものであるという意味で、人間の内面を一種の河にたとえたわけでしょ。「忘却の河」もそうだと思うのです。

菅野　そうですね、象徴的な意味の河ですね。

福永　ですから、同じ河でもそういう二つの見方がある以上は、もちろん河の出ない作品も多いのだから、ぼく自身が河というものに対して、一種のオブセッションをもっているとはいえないと思いますね。

更に、「河」の象徴的意味はいくつかあるのだから、特に自分が執着しているのではないと説く。

菅野　でも、河が出てくると魅力がありますね。
福永　河とか海とかいった、自然というものは、あれじゃないですか、精神分析的に掘り下げれば、だれだって何か出てくるのじゃないですか。
菅野　ただ、ふつうの作家の場合に比べると、河が登場する、それも、ただ登場するだけじゃなくて、河というものにかかってくる構造的な意味がとても大きい、ということは、ぼくはいえそうな気がするんですけれど。
福永　それはけっきょく、ぼくはね、ぼくの「世界」が貧困であって、やたらに、「夕焼け」とか「河」とか、「子ども」とか同じものをくり返し用いる……
菅野　そうおっしゃられると非常に困るんだけれど……
福永　そういう気がしますがね。ぼくは、貧困でも同じものをくり返して使うことによって、だんだんに深まってゆくのではないかという気がするのです。

「河」が出て来ると魅力があるという菅野に対し、自分の世界が「貧困」だからと言って、逆に困らせる事態になっている。面と向かって自分の世界が貧困だなどと言われては、たまったものではない。だから、「精神分析はあ止めることにしますが」と菅野は話題を転換してしまうのである。
しかし、福永の相手を食ったような発言にもちゃんと真実は眠っている。「貧困な世界」とは、福永の世界への興味がそこに集中していることを表している。そして、それを「くり返し使うこと」で「だんだん深まる」とは、福永の小説作法そのものを示すのではないだろうか。たとえば、福永の著作の帯には「愛」、「孤独」、「死」などの惹句が並ぶが、どの作品であってもそれは通用するものであり、同じ主題の変奏、すなわち繰り返し深めることで福永文学が成り立っていることがわかる。

ところで、「河」の意味である。福永は先の対談の中で「河は此岸と彼岸を暗示するもの」であり、「人間の内面を一種の河にたとえ」心の中を「流れてゆくもの」だと説明している。そしてそれはまた「精神分析的に掘り下げれば、だれだって何か出てくる」ものだと言う。確かにそうだろう。河は空間を隔てるものだし、流れていく時間的なものでもある。しかし、だからといって、小説作品中の河は一般化され、抽象化されたものではあるまい。きわめて個別的でありながら深く省察されるがゆえ、逆に普遍性を持つという文学のパラドクスを担ったものでなくてはならないはずだ。でなければ、小説を書く必要などない。

福永の子息、池澤夏樹はこう言う。

> 作家の人生を作品に重ねてはいけない。作家にとって創作とは自分の体験を滑走路としての遠方への飛翔であり、私小説は書かないとした福永ならばどの滑走路から離陸したかなど問題ではないと人は言うかもしれない。それでも、体験は大事なのだ。高校時代のあの体験がなければ『草の花』は書かれなかった。愛と孤独の構図は生まれなかった。（「予め失われた主人公たち――福永武彦における喪失と諦念」『福永武彦特別展図録　日は過ぎ去って僕のみは～福永武彦、魂の旅～』北海道文学館　二〇一二）

ここでは、福永が河を題材にした最初の作品である「河」を取り上げ、そこにある福永の個別性、すなわち象徴的意味を裏付ける体験、「滑走路」としての体験の意味を解いていきたい。

2　「河」遺書

「河」は一九四八年三月、雑誌「人間」に掲載された。書かれたのは前年の秋。結核手術のために帯広の療養所から東京清瀬の療養所に移る前後に書かれた。福永は比較的自作について説明する作家である。この「河」についても例外ではない。長くなるが引いてみたい。

この集の中の一番古い「河」を書いたのは、昭和二十二年の九月から十月にかけてである。その頃僕は北海道の帯広にいた。生活に追われて北国に移ったのだが、この寒冷の土地での生活は僕の健康に悪かった。手術を受けなければ再起を保証しないと医者に宣告された。しかし帯広では胸廓成形手術の設備がなかったから、僕はその年の十月に上京し、東京療養所にはいった。「河」は、僕が上京を決意してから帯広で書き始め、上京の後に完成したものだ。この当てのない原稿は、幸いにして翌年三月号の「人間」に掲載されたが、伊藤整氏が親切な批評を新聞に発表された以外、何等の反響も見なかった。これは「塔」と同じ傾向のもので、謂わば夢の物語であり、完全なフィクションである。その当時、上林暁氏が、私小説作家はすべての作品を遺書のつもりで書くと言われているのを見たが、僕はそれを大袈裟に感じた。僕のような空想的な作風でも、作品は常に遺書の代りだったから。(「『冥府』初版ノート」全集3)

療養所の医者から、あなたの病気は胸廓成形手術をしない限り三年とは保証しない、それに北海道には手術の出来る病院はないから東京へ行かなければ駄目だと申し渡されて、早々に退所した。私は清瀬村の東京療養所にいた友人と連絡を取った末、心細い気持を抱いて十月頃に上京し、直ちに東京療養所に入った。「河」という私の小説には、九月帯広——十月東京と註してあるから、遺書のつもりで書いたものだろう。そしてその月だったか次の月だったかに第一回の手術を受けた(「昭和二十二年頃」全集14)

やっと七月になってから、中学の宿直室で当直の晩に「雨」を書いていた記憶がある。或いは夏休みになってからの作かもしれない。「塔」とはがらり変ったものを書くつもりでいながら、どうもうまくいかなかった。翌年の四月にまた書き直したがどうも私むきの材料ではなかった。

その年、つまり昭和二十一年の冬の初めに、病気が再発して中学に通うことが出来なくなった。私は寝たり起きたりしながら、それでも頑張って二三のエッセイを書いた。翌二十二年の春、やはり寝床の中で「めたもるふぉおず」を書いた。何かしら憤ろしいものが胸の中に溢れていながら、それに正確な形を与えることが出来なかった。五月からまたサナトリウムに入って検査を受け、東京へ行って胸廓成形手術を受けない限り命の保証はしないと宣告された。そこで七月にはもう退院し、それから東京郊外清瀬村の東京療養所に入院中の友人と連絡を取って、十月に上京して直ちに入院した。「河」はその夏に書き始め、入院直前までかかった。前の三作がいずれも当てのない原稿で発表は友人に任せきりだったのに対して、「河」はものさえよければ一流の雑誌である「人間」に載せてもらえそうだと分っていたから、以前の作品より自分の持味を出すようにつとめたところがあった。（『福永武彦全小説』第二巻序　全集2）

「河」については、以上の三つの文章が残されている。前者二つに共通するのは「遺書のつもり」という言葉である。最初の「『冥府』初版ノート」では、上林暁の言葉を引用し、その言葉に反応した形になっているが、次のエッセイ「昭和二十二年頃」では引用を廃し、自分の気持ちそのものを表したものとして「遺書」という言葉を用いている。二十年の時間が自作に対して率直な態度に変えたのだろうか。「遺書」として書かれた作品、それが「河」なのである。

もちろん、簡単に断定してしまうことに躊躇はあるのだが、「遺書」という言葉自体を発することの重み、更にそれが繰り返されていること、まして、状況として福永が生死の境にいたことを思えば、そう決めつけてしまっても良いのではないかと思っている。

「河」は「遺書」である。

だからこそ、福永文学を考える上で、欠くことの出来ない作品なのである。なぜなら、そこには福永が誰かに「遺」すべき言葉が「書」かれているはずなのだから。

そして、この「河」には福永の実体験のエピソードが散らばっているのだが、先掲の座談会同様に、それを認めようとしない。「これは『塔』と同じ傾向のもので、謂わば夢の物語であり、完全なフィクションである」とするのである。

またしても「塔」を引き合いにして「夢の物語」、「完全なフィクション」と言うのだ。しかし、それは当たらない。読み比べたら簡単にわかることだが、「塔」全編を貫く観念性、寓意性は、ここにはない。もちろん夕暮れの比喩的描写がそれを思い起こさせないわけではないが、むしろ、ここでは現実的な人間関係の微妙な襞を描くことに主眼が置かれている。

たとえば福永の母親に関する記述は実体験と深く結びついており、それだけでも「完全なフィクション」とは言い難いはずである。どうも福永は自身の体験と結びつきそうになると茶化したり、誤魔化したりする性癖があったのではないかと私は疑っている。だからむしろ、そういう煙幕を張った記述があれば、むしろその作品は現実の福永と密接なところにあると考えた方が良さそうだとも感じている。

それはそれとして、三つ目の文章では「遺書」という言葉が消えている。しかし、「河」が如何に重要な作品であったのかがここでの記述でわかるはずだ。「河」に先行する「雨」は「私むきの材料」ではなかったし、続く「めたもるふぉおず」は「正確な形を与えることが出来なかった」作品だとしている。確かに「雨」は戦後の風俗を背景に男女の心の擦れ違いを描いた作品であったが、気まぐれな女に騙されるといった福永の本質とは遠いものであったし、「めたもるふぉおず」も、窮屈で抑圧的な現状から動物に変身して抜け出すといった寓話であるが、イタチやキツネといった動物に対する「狡い」という一般的なイメージを援用し、その動物そのものに変身させるという独創性に欠けた失敗作であった。

それに対し「河」は「自分の持味」を発揮できた作品だと認めているのである。福永は長篇の「風土」や「独身者」を構想し、一部は書いていたとしてもまだ完成にはほど遠かった時期である。仮に、「塔」、「雨」、「めたもるふぉおず」という三作の短篇で終わってしまったなら、詩人としてならまだしも、小説家としては死んでも死にきれなかったに違いないのだ。そこにはまだ小説家福永武彦はいない。「愛」、「孤独」、「死」といった福永文学の根幹はまだ見えないのだ（「塔」にはあるが、あまりに寓意性が強い）。福永の言う「貧困な世界」を繰り返していく、その発端になったのが「河」なのである。

そういう意味でも「河」は「遺書」足り得る作品であった。

3　「河」母親

「河」では一種の、此岸と彼岸ですか、こちら側と向こう側ですね。要するに、向こう側は「夢の世界」、「マラルメ」的な「夢」ですね。そういう意味では、河は此岸と彼岸を暗示するもので、「流れてゆくもの」という感じじゃないと思うのです。（先掲「國文學」座談会）

「河」が「彼岸と此岸」の象徴であるなら、福永にとって書き残すべきことの第一は母親だったのだろう。彼岸には福永が七歳の時に亡くなった母親と、此岸には、それを憧憬する福永がいなくてはならない。「無意識の領域を掘り下げて、意識に欠けたものを補おうとする福永武彦の創作方法に着目するかぎり、その文学は、『母』を追い求める文学だと見ることができる」（「主要モチーフからみた福永武彦」「国文学　解釈と鑑賞」一九七四・九）と柘植光彦が指摘するように、福永にとって「母」は最も重要なモチーフである。福永の中篇「幼年」には年譜通りの母親の履歴がある。

母は佐世保に生れ、長崎の小学校を出て大阪のプール女学校に留学し、芦屋の聖使女学院を出て傳道師として山陰の各地を歩き、遠縁に当る私の父と結婚した。（「幼年」）

私は太宰府に通じる二日市の駅前にあった肥前屋旅館の離れで生れた。そこは海軍の伯父の養家に当っている。その頃父はまだ大学生で東京にいた。母は私を連れて佐世保の実家に戻り、父は七月に大学を出て或る銀行の横浜支店に勤務し、翌年借家を見つけて母と私とを横浜へ呼んだ。数年後に母は健康を害して佐世保に戻り、やがて父が福岡支店勤務になったので、親子は福岡に住むようになった。関東大震災より以前のことである。浪人町や大名町や唐人町などの借家を転々とし、やがて私は小学校へはいった。私が二年生の春、弟が生れ、母が死んだ。翌年の春、父が東京転勤になったので父と私とは弟を抱いた乳母と共に東京へ移った（「幼年」）

「幼年」は「群像」（一九六四・九）に発表された。文字通り福永の幼年時代が描かれたものだが（むしろ少年と言うべきか）、それは早くから構想されていたものである。

たしか戦争の終った直後、つまり私が物を書き出した頃のノオトの中に、早くも覚え書きをしたためてあったような気がするが、そのノオトが手許に見当らないのではっきりしたことは言えない。その頃既に、私はこれを書いておかないことにはどんどん忘れて行くだろうと予感していた。そのあと私はサナトリウムに八年ばかりもいて、死に脅かされる度に「幼年」を思った。それはどうしても書かなければならない作品の一つに属していた。(「『幼年』について」全集7)

「河」はもちろん、「幼年」のはるか前に書かれた作品である。一般的に考えたら、「河」が「幼年」の原型となるのかも知れないが、敗戦直後に「幼年」が書くべき作品として、福永に意識されていたのなら、逆にもともとあった「幼年」の構想が「河」に流れ込んだと見る方が素直だろう。

「河」という小説の人物構成は単純である。登場人物は父親と子供(僕)。もう一人現実世界では婆やが出て来るが、大きな働きはしない。重要なのは父親における回想の中の妻と子供における想像の中の母の存在である。もちろん同一人物であるが、父子それぞれの心の中で、まるで違ったものとして存在している。

父親は過去の記憶に生き、子供は見知らぬ未来に希望を抱く。父親の過去には妻が居座り、子供の未来には優しい母がいる。

物語は「僕」が夕暮れ、河のほとりにやって来るところから始まる。「最初の時のことは尚昨日のように覚えている。父親から邪険に叱られて、取りつく島もない気持で家を飛び出し」僕は河に来た。以来、「僕」は決まって夕暮れの河を訪れるようになる。なぜ「僕」が「河」のほとりに来るのか。それは対岸の美しい夕暮れが僕の心を慰めてくれるからだ。かつて田舎にいた頃、「僕」は遠くにいる父親との生活を希望とともに夢想していた。しかし、現実の父親は心を閉ざしたまま、「僕」に愛を注ぐことはなかった。

「僕」は不如意な現実から過去を振り返り、更に未来へと思考を巡らせる。幻滅に満ちた現実の中で、「僕を生むと同時に死んで」しまった母親のことを思う。母親は目の前に広がる美しい対岸の世界に現出する。

一面に黄と赤との素早い色の移り行きを示している空、黒々と流れて行く河の向うの入日、次第に東の涯から夜が滲み出て来る円い天蓋、この黄昏の人けのない河のほとりで、僕が秘かに呼び掛け、秘かに自分の未来を托したのは、お母さん、僕を生むと共に死んだお母さんだった。(「河」)

「僕」が現実の生活の苦しみから逃れるために死者の国にいる母親に救いを求めるのは至極当然のことだろう。

僕の空想の中で母親だけが、僕がその容貌ひとつ知っていない母親だけが、天使のように尚も僕を守ってくれた。(「河」)

記憶に残っていない母親。現前しながらもすぐさま消えて行く時間と眼の前にありながら手の届かない空間に失われた母を呼び起こすのは、「幼年」での「夢の繰返し」という章でどこからともなく聞こえる声がする夢の場面に類似する。眠るための「就眠儀式」というものを経て、福永はこんな夢を見ている。

しかし例えば次のような夢を私はしばしば見る。そこにあるのは一つの河である。それは絶え間もなく河音を響かせて流れているが、

子供の眼から見れば途方もなく大きな、向う側を正確に見定めることも出来ないほどの幅を持っているし、あ

たりには人の気配もなく、子供は道に迷っていつしかその河岸までやって来たのに違いない。そして子供はその寂しい河の前に立って、流れて行く水を眺め、おおい、と大きな声で叫ぶ。誰を、誰か特定の人を、呼ぶというのではなく、ただ声を出して呼ばなければならない気持で、声を出す。或る時はそこからが悪夢になり、呼んだところで誰一人現れるわけではなく、寧ろ気味の悪い生物たちのごそごそ動き廻る音を聞くだけなのに、或る時は、夢はそこから美しい旋律を響かせて、

待ってらっしゃい、もうすぐ行くわよ、

じっとしているのよ、

早く、こっちよ、

と言う声が何処からともなく聞えて来て、子供は安心したような、しかしまだ少し不安な気持で、

どこにいるの、

と問い返すが、声の主は決して姿を見せず、それが後ろの方からなのか、空からなのか、それとも河の向う岸からなのか、彼にはちっとも分らない。（「幼年」）

死んだ母親と生きている福永が、「彼岸と此岸」とにくっきり隔てられているのなら、そこを繋ぐ回路がどうしても必要になる。「幼年」の場合では「夢」に至る「就眠儀式」がそれであり、「河」の場合は「夕暮」という曖昧な時間がそれに当たる。

意識と無意識の間の恍惚の時間。「河」では、昼と夜をつなぐ夕暮れの時間を「すぐ目の前に」ありながら、「手の届かぬもの」、美しい印象だけを残して消えてゆく「永遠」の時間としている。その「永遠」の時間という回路を通じて、母親は現れる。

しかし、だからと言って、その幻想的な一瞬をもって全て良しとはならない。福永であっても、しっかりとした実体を求めなかったわけではないだろう。「河」では、父親が自分を通して母親を見ていることに気づいた「僕」が、見知らぬ母親の実体を求め、写真を探す場面が描かれる。

恐らく僕を駆ってひそかに箪笥の抽出を探らせたのは、好奇心というよりも寧ろこの寂しさのせいだったに違いない。僕は父親の留守に、こっそりと箪笥のある部屋に忍んで行き、熱を病んだように顫える指先で、母親の形見の写真を探し求めた。婆やでさえ見たことのある写真を、どうして僕が見ていけないわけがあろう。僕はこの写真の中に、与えられた人生への一つの旅券を見たいと思ったのだ。（「河」）

「写真」が「旅券」になるとは、どういうことだろうか。それは自分の生の在処を視覚的に確認したいということなのだろう。仮に母の写真と鏡に映る自分の顔が「似ている」としたら、自分と母親の紐帯は確固たるものなる。「河」の中の「僕」はそれを希求する。

実際の福永も、長く母親の顔を見ることは出来なかった。いや、見てはいたのだ。福永の母親が亡くなったのは小学校二年生の時である。当然、何度も母親の顔に触れてきたはずだ。しかし、福永に母親の顔の記憶はないと言う。それは「河」での父親と同じく、現実問題として母親の写真を福永の目につかないところに父親が隠していたからである。

一葉の写真があれば、人はそれを繰返し見ることによって失われた記憶を回復することも出来ようが、父は私の子供の頃の写真を、そして私と関係のありそうな種類の写真をどこかにしまい込んで、ごく後に、恐らく私が高等学校にはいった頃になって、漸く昔の数葉の写真を取り出してくれた。そしてその時には私の幼年の記憶はすっかり薄明の中に没し去っていたから、私はそれらによって過去の自分を再現することが出来ず、特に悲哀を感じることもなかった。（「幼年」）

写真を実際に父親から見せてもらったのは、高等学校に入ってからである。更に「草の花」の同性愛事件の後、思い詰めた福永を救うために父親は初めて母親の故郷の九州に連れて行っている。しかし、福永は既に高等学校の生徒であり、写真では「過去の自分を再現することが出来」なかったという。その言葉をそのまま信用するとしても、福永は母親を強く希求していただろうし、父親も福永の心情を知っていたことは確かだろう。だからこそ、福永の精神的な危機に及んで、母親にまつわる品を出し、息子とともに郷里へと向かったのだろう。

少年寮にいる当時から母を慕い、きれいでやさしかった母の切れ切れの記憶を人に語ってやまなかった青年は、はじめて母の数々の遺品を眼のあたりにし、上京以来最初で最後になった郷里への旅にも出かけて、母に対する思慕の念がいまさらのように込み上げてくるのを感じたにちがいない。旅行から帰るとすぐに水城哲男というペンネームを使いはじめている事実や、母の写真を机の前に飾り、毎晩、それに手を合わせてから寝ていたという話などにも、その一端はうかがえよう。だが、母の遺影や形見を前にして母に対する思いが募ってくればくるほど、一方でまたその母親をいまはもう自分が実感的にはっきり思い出せなくなってしまっていることを知らされて、激しい困惑と苛立ちを覚えたこともたしかであろう。おそらくここにおいて、亡き母を恋い慕う気持は、いま、ここでない、どこか遠い世界へのそこはかとない郷愁と溶け合って、武彦を文学へと駆

り立てたのである。（曽根博義「福永武彦の人と作品」『鑑賞日本現代文学27　井上靖・福永武彦』角川書店　一九八五）

福永の文学への傾斜の要因を曽根は「亡き母を恋い慕う気持」に置いている。その点で柘植光彦と同じ見解である。確かにその通りだと思う。書き残すべきものとして「母親」はあるし、「河」にもしっかりと描かれたのだ。母親への思慕抜きに福永は語れない。

「河」で「僕」は現実の福永同様、母親の写真を手にすることは出来ない。ここまではいい。しかし、次の場面はどうだろうか。母親が「僕」を恨みながら死んでいったと父親から聞かされるところだ。あれほど恋い慕った母親が「僕」に生まれてこなければよかったと叫んだと言うのだ。ここで「幼年」での母親とはまるで違った相貌を「河」の母親は見せる。「幼年」のように「坊やはどこへ行ったの、早く帰っていらっしゃい」と「僕」を包み込んではくれない。異様な母親像がそこにはある。

繰り返すが、「河」は「遺書」のつもりで書かれたものだ。最後の作品になるかもしれないのに、なぜこのような母親像を造形しなくてはならなかったのだろう。

4　「河」父親

「僕」が母親の写真を探していて、それを見つけた父親の怒りは尋常ではなかった。「狂ってしまったのだろうか」とさえ僕は思う。そして、父親は「鞭のような言葉」を投げつける。

——いいか、お前が殺したんだ。あれを殺したのはお前なんだ。いいか、よく覚えておけ。いくらお前があれを恋しがっても駄目なことだ。え、一体あれがお前に優しい言葉を掛けてくれるとでも思っていたのか、とんでもない。お前があれを殺したんだ。あれがどうしてお前を可愛がってくれる筈があるものか。お前を憎んでいる。口惜しい口惜しいと思って死んで行ったのだ。あれはまだやっと二十歳だった。まだほんの生娘だった。己たちは長い間苦労をして、やっと一緒になった。それが、ああやって、ぽっくり死んでしまった。わたしは子供を生むのが怖い、わたしは子供なんか欲しくはない、そう言った。病院で、産褥熱で、まるで夢みたいに死んでしまった。もっと生きていたい、もっと生きていたい、そう叫び続けながら死んで行ったのだ。（中略）己とあれとでこれからはやっと幸福に暮せるというその矢先に、ひょっくりとお前という邪魔者が現れたんだ。お前という者が、あれの命も、己の幸福も、みんなさらって行ってしまったのだ。わたしは子供なんか欲しくはない、わたしは生きたい、わたしはもっともっと生きていたい、そう微かな声で叫んでいたあれの声が、今でも己には聞えるようだ。いいか、お前が殺したんだ。お前みたいな奴は生まれて来ない方がよかったのだ。お前の上に、いつでも母親の呪いがかかっているとそう思え……。（「河」）

気をつけなければならないのは、この異様な母親の造形が、父親の回想によってなされている点である。確かに母親が生まれてくる「僕」に恨みの言葉を言ったのかもしれない。しかし、それを伝えることができるのは父親だけである。「僕」が生まれたと同時に亡くなってしまった母親の言葉を「僕」は検証する術を持たない。何も記憶していないのだから当然のことである。仮に母親が呪詛の言葉を言おうと言うまいと、それを明らかにし得るのは父親だけなのである。「橋の下から拾ってきた」と親に言われてしまえば、子どもは、その脅し文句に従わなければならない。仮に反発し、否定したとしても、何者も証明などしてくれないのだ。子どもはただ不安の中で生きなければならないのと同じ事だ。

いずれにせよ、生まれてくる子供に対し恨みを述べる母親とは、父親が作り出したものなのである。言えるのは父親だけなのだ。つまり、異様な母親がそこにあるのではなく、異様な父親がそこにいたのだ。

だから、「僕」はもう一度河のほとりを訪れることになる。「お母さん、お母さん」と呼びかけるのは現実に存在しない母親に一縷の望みが残っているからだ。もちろん、母親は応答しない。「鼠色の空」の下で「僕」は悪夢のような父親の言葉に、未来の行く手を遮られてしまう。

首藤基澄は「河」の「主要モチーフは、過去意識に籠絡された父との葛藤である」(「父なるもの――『河』を中心に」『福永武彦・魂の音楽』おうふう 一九九六)とする。「幼年」と同類の母親像は確かに描かれているが、それ以上に父親との関係がこの「河」の主題になっているのは間違いない。「書」き「遺」すべきは父であったのか。

しかしなぜ、これほど異様な父親像を福永は描いたのだろう。

福永の父末次郎は福岡修猷館中学から一高を経て、東京帝国大学に入学。在学中の一九一七年にトヨと結婚、一九年に卒業後、三井銀行に入行した。二五年トヨが亡くなると、すぐに転居、武彦を当仁小学校から警固小学校に転校させるとともに、母親にゆかりの品物を全て隠してしまう。翌年東京に転勤し、武彦の弟文彦を秋吉家の養子に出す。二七年武彦を日本少年寮に預け、自分はその近所に住んだ。寮閉鎖後は雑司ヶ谷周辺で武彦と女中のお玉さんと暮らした。昭和四一年、武彦が大学卒業後に再婚。四三年に銀行を退職し、神戸に移住している。

「幼年」では、むしろ子煩悩な父親の姿が描かれている。

父は寮の近くに下宿していて、毎晩のように寮に遊びに来て、この寮の主宰者であるかあさん(正式には寮母と呼ばれていたが、寮生たちはかあさんと呼び習わしていた)とYさんという若い小母さん(彼女はその頃幾つくらいだったのだろう、恐らくまだ二十歳そこそこではなかっただろうか)、そして後にこのYさんと結婚したKさんなどと一緒にお喋りしていた。（「幼年」）

決して仲の悪い親子ではなかったろう。何より、福永の父は教育熱心であったようだ。「幼年」にはピアノを習わせる父の像があり、他のエッセイには『谷崎潤一郎全集』を買った福永を叱る[1]場面や、中学校の園芸部に入れたり[2]、高等学校では禁酒の約束をさせる[3]といった禁欲的かつ教育的に接する父親の姿が描かれている。

しかし、こういう記述も「幼年」にはある。

> 私はその頃も、その後になっても、人に甘えるということを知らなかったのだろうと今になって思う。私に最も近かったのは勿論父だが、父は（恐らく父自身が恥ずかしかったせいだろうが）私が甘えるのを寄せつけない面があり、亡くなった母の分だけ私を可愛がるような器用なことは出来なかったし、それは逆に言えば私の方が父の手にしがみつかなかった、そうすることが恥ずかしかったということにもなり、変によそよそしいところのある親子のように人目には見えたかもしれない。二人の間に少しばかり距離があったのは、父と私とが容貌の上であまり似ていなかったこと、私は母の方に生き写しで、従って母の兄である海軍の伯父と一緒の時の方が寧ろ親子らしく見えたが、そういうことも原因になっていたのだろうか。（「幼年」）

福永と父親との間にも距離感があったということだろうが、男同士の親子ではありがちのことであり、取り立てるほどの齟齬とは言えない。しかし、これを極端にデフォルメした場合には「河」の親子像に重なってくるのだろう。

互いに羞恥からよそよそしい態度を取っているのは、「河」での「僕」が父親にはじめて家に連れて行かれた場面に通じている。

僕は人並はずれた恥ずかしがりやだったから、こういうふうに鼻白んでしまうと、もう手のつけようがなかったのだ。（「河」）

この羞恥が、父親に対する「頑なに沈黙」する態度につながっていくし、父親の怒りの原因にもなっていく。あるいは、容貌の問題も「河」に描写されている。父親が「僕」に母親の黄八丈の着物を着せる場面である。

父親はじっと僕を見詰めている。いな、それは僕ではない、僕を越えて、何かを、何か眼に見えぬものを。（「河」）

父親は「僕」に母親の幻影を見ている。それはその様子を見た婆やの「まあ、そっくりな」という言葉でわかる。「後年、ある人に内緒で伝えたところによると、父末次郎はずっとあとまで箪笥の奥に黄八丈の着物を大事にしまっていたという」（先掲「福永武彦の人と作品」曽根博義）という伝聞が正しいのだとすれば、「母の方に生き写し」であった福永にその着物を着せ、そこに妻の姿を見るというエピソードは、それなりのリアリティを持つだろう。とはいえ、単に現実の父親像をデフォルメして、この「河」の父親は生まれるものだろうかという疑念が湧いてしまう。それは、「お前が殺したんだ。お前みたいな奴は生まれて来ない方がよかったのだ。お前の上に、いつでも母親の呪いがかかっているとそう思え」と口汚く罵る父親をなぜ福永は「遺書」に記さねばならないのかという疑念である。

首藤基澄は、その異様な父親像から「ここには、やはり裏がある」として福永の出生の秘密に向かっている。福永の母トヨの従姉妹井上ミ子氏から得た証言から、福永は末次郎の実の子供ではないことを明らかにした。

トヨは、利雄の養家肥前屋で武彦を出産する時、お産が重くて死にそうになり、最後の懺悔をした。ミ子も看病していたので、その場にいた。トヨは持ち直したが、懺悔は武彦の出生にかかわるものであった。伝道師として活動していて病気になり、別府へ療養に行ったトヨは、やはり別府で療養生活をしていた銀行員と関係ができ、身ごもってしまった。トヨと親しかったミ子は、その時生理が止まったことを知らされたという。そこで軍人で面倒見のいい兄利雄が東京へ連れて生《ママ》き、かねてから好意をもっていた末次郎と添うようにしたのであった。

ミ子によれば、末次郎が閉鎖的で頑固になったのは、このトヨの懺悔を聞いた後かどうかは明確ではないが、武彦は末次郎には全く似ていないで、伯父の利雄似であったという。（先掲「父なるもの――『河』を中心に」）

更に、首藤は福永の第一高等学校時代の「かにかくに」を取り上げ、「自分に関する一切の秘密を自らに秘めて死んだ母親」という一節からその説を傍証した上で、「河」は父親が「僕」に自立を促す作品であり、それ以後、父親に関する作品を書かなかった福永は父に対し「倫理的態度」を貫きつつ、「ひたすら己の道を歩かせる『河』の、強烈なモチーフ『父なるもの』の促し」によって「二十世紀文学を構築」した、としている。

親族の証言であるゆえ、この指摘は重いものがある。しかし、「河」の父親と実際の父末次郎を連結してしまっている点で、私は納得しがたく思う。

というのは、「河」は「遺書」であり、仮に「河」の父親と実際の父末次郎に類縁性が見出せたとしても、直ちにそれを連結してしまえば、「河」とは、血のつながらない父への訣別の書になってしまうのではないだろうか。果たして、それが「遺書」としてふさわしいものなのだろうか。

ここで、今一度池澤夏樹の「作家にとって創作とは自分の体験を滑走路としての遠方への飛翔」であるという言葉を思い起こす必要があるだろう。

（1）「読書遍歴」全集15
（2）「晴耕雨読」全集14
（3）「知らぬ昔」全集14

5　「河」僕

福永の実体験が「河」での父親の造形に生かされているのは前章で見た通りである。ここでは、今一度「河」の本文を確認し、父親と「僕」の関係を見ることで「遺書」の意味を問い直したい。繰り返しになる部分が多くなるが、ご容赦いただきたい。

視点は主人公の「僕」に置かれている。それゆえ全ての事柄は「僕」のフィルターを通して、提供されることになる。「僕」は「父親から邪険に叱られて、取りつく島もない気持で家を飛び出し」河にやって来た。初めの時だけ父親は「僕」を迎えに来たが、その後はやって来ることはなかった。「僕」は夕暮れの河の向こうに見たことのない母親を思い浮かべ、心を慰めていた。そして、母親の無い子供をなぜ父親は愛してくれないのだろうかと思う。

父親から発せられた「お前は私を誰だと思っているのだ」という疑問。それに対し、「これが、この人が、果たして僕の父親なのだろうか」と「僕」は自分なりに疑問を捉え直す。この「僕」の疑問は読者にとっての疑問ともなる。なぜこの父親は実の息子を、折角呼び寄せた子供を邪険に取り扱うのだろうか、そう思いながら読者は読み進めていくことになる。「僕」は何度も、その問い掛けを繰り返していく。夕暮れから夜に近づくにつれ、「僕」は父親の暗い表情を思い浮かべる。夜や闇と父親の容貌はつながっていると感じる。そこで、一つの解答を得る。まず「死」と「不在」を父に読み取る。

この人はもう死んでいるのではないだろうか、時々はそうも思った。父親の放心した容貌には、思考よりも寧ろ、一種の死が、不在が、感じられた。現実からの、この世からの、眩暈のような不在……。(「河」)

母親の着物を着せ、じっと「僕」を見詰めている父親に、「むかし死んだ女の姿」を追い求める男を見出した「僕」は二つ目の解答を得る。それは「寂しい人」という認識である。

十数年もの長い間死んだ妻が忘れられない男、そうした人間として、父親に対する僕の気持が少しずつ瑤いで来る。寂しい人なのかもしれないと思う。(「河」)

自分の背後に亡くなった母親の影があることを知った「僕」は写真を探す。それが見つかってしまい、逆に母親が憎んでいたことを知らされた「僕」は、死の誘惑を感じながら、誰からも憎まれているのならば、「与えられた運命を歩いて行きたい」と思う。孤独の中、雨に打たれた「僕」は熱を出し、寝こんでしまう。その枕許には父親が座っていた。そこに「愛情のしるし」を感じた「僕」の心の中で「父親に呼び掛けるための勇気」が高まってきていた。

しかし、父親の口からは「畜生」という言葉が洩れていたのだ。その憎しみの表現に、「僕」は思わず「そんなに僕が憎いの」と言ってしまう。父親は、「お前に関係した事じゃない」、「眼に見えるものよりも、眼に見えぬものの方が一層憎いのだ」と答える。そして、父親の呪詛のような「畜生」を何度も聞きながら、三つ目の解答を「僕」は得る。それは奇妙な共感のようなものだ。「友情」のようなもの、あるいは「仲間」意識。

僕のひねくれた心の中に、嘗て無かった潤いのようなもの、父親への友情のようなものが、次第に生れて来るのを感じていた。友情、というのはおかしい。しかしそれは愛情と呼ぶ程のものではなかった。僕は自分の行きどころもない寂しさを父親の上に類推して、そこに一人の仲間を感じただけだ。(「河」)

「僕」は父親に「一体何の為に生きるの?」と質問する。それに対し、父親は「過去を信じて来ただけだ」と答える。過去の中でのみ生きる父親を前に、一人の人間の人生を考える。それが四つ目の解答となる。生きる「亡霊」。

未来を信じない人生、ただ過去のみでつくられた現在。恐らく父親を生かしていた生命の焔は、僕が生れ、僕の母親が死ぬのと同時に、早くも燃え尽きてしまったに違いない。この十数年間、父親はただ生命の滴が壺に充ちる日を待ちながら、空しく死んだ妻の面影を追い求めていたに違いない。亡霊の生活(「河」)

病気が治り、河のほとりに向かった「僕」は日没前の華やかな光の饗宴の中で、自分の未来を信じられる、生きることは素晴らしいと感じていた。そこに父親が現れる。「愛情とは勇気」だと思った「僕」は父親に話しかけようとするが、父親の言葉に遮られてしまう。父親は「忠告」だと言って一方的に話し出す。自分は過去に生きているが、お前には未来がある。九の憎しみに対して「一の愛情」で「お前というものと離れてしまいたい」と父親は言う。その言葉を聞きながら、この壮麗な夕暮れの中では「僕」は父親と心を通わせられると思うのだ。

僕等は、――話し終えた父親と僕とは、二人ともじっとこの夕暮を眺めていた。（「河」）

この時点での「僕」は、父親と一体感を持っている。これが五つ目の解答だろう。しかし、父親は実際は何も見ていなかった。

その両の眼は華かな自然の饗宴の前に、固く閉じられたままでいた。（「河」）

父親は全てを閉じてしまう。だから、「僕」は数日後、「ただひとり河を渡り、世の中に、生きている者だけが生きている世の中に、旅立った」のだ。

期待した一体感は二人の間には生まれず、「僕」は「過去」に生きる父親と別れてしまう。こうしてみると、「僕」は「過去」に捕らわれている父親に対し、何度も共感し、理解しようと努めていることがわかる。更には、どんな酷いことを言われようと向日的に前に進もうとする姿勢が失われることもない。あの父親から発せられた「母親の呪い」という言葉を聞いた後でも、「言いようもない孤独」を感じながら、「死」を否定し、「僕はただ僕に与えられた運命を歩いて」行こうとするのだ。

仮に「僕」が福永自身を指すとすれば、自らの生への意志をここに書き残そうとしたと言えるだろう。「河」と同じ時期に書かれた福永の転居通知が駒場の日本近代文学館に残されている。友人、芥川比呂志に宛てたものだ。


転居の御通知申上ます。

私共二人北海道帯広市に疎開いたしましてから皆様の御援助を得て厳しい風土の下に暮して参りましたがこの度秋風の蝦夷地をあとに東京に戻ることにいたしました。

ただこの上京も私の入院療養を目的としてをりますので私共二人なほちりぢりに旅人の心でございますが遠い日にそなへて暫くこの苦しみに堪えようと覚悟いたしました。

この後皆様の御力添を仰ぐことも一段と多いかと存じます　どうぞ宜しく御願いいたします。


福永の住所は「清瀬村東京療養所内」であり、別住所の妻澄子（筆者注　戸籍名は澄、筆名は原條あき子）と連名になっている。挨拶状では「入院療養」とあるが、胸廓成形手術を受けるための上京であった。手術自体の致死率は肺摘出手術に比べて高くはないが、それでも生死をかけたものであることは確かだ。同じ東京療養所に入所していた石田波郷の伝記には「ここでは成形手術も日常茶飯事の如くおこなわれる。しかし波郷は異常な緊迫感に包まれ、不安と期待の混淆した昂奮を押さえることが出来なかった」（村山古郷『石田波郷伝』角川書店　一九七三）とある。波郷も手術前には不安が隠せなかったのだ。

福永もまた同様な精神状態であったろう。不安と期待の中、それでも一歩踏み出さなければならない。「僕」の

「与えられた運命」の中を「歩くことが生活なのだ」という認識は福永のものでもあっただろう。首藤の言う「自立」はまた、生を賭けた運命への踏み出しでもあった。

6　「河」拒絶する父

ここまでを振り返ると、「遺書」として書かなければならないものとして、幼くして亡くした母がいて、自立を促す父がいて、自分の未来に歩み出す「僕」福永がいることになる。しかし、そこに違和感を感じてしまうのが、父親の拒絶の激しさにある。首藤はそこから、出生の秘密に向かったのだが、果たして、それでいいのだろうか？　というのは、やはり「河」が「遺書」であるのなら、拒絶する父親と現実の父親を結び付けて、それで良しとは思えないからである。

福永は「河」での父親の拒絶を、会話内容の過酷さ以外でも表現している。

たとえば、「僕」が「お母さん」というのに対して、父親には指示対象が最も遠い「あれ」と表現させ、「僕」と母親の距離をできるだけ引き離そうとしている。あるいはまた、「私」を「己」と表現することで、父親の孤立感を際立たせる工夫もしている。しかし、次のカギ括弧を用いた表現は拒絶を表現する技巧の最たるものだろう。

病気が治り、穏やかな美しい黄昏の中で、心を開こうとする「僕」に対し、父親が一方的に忠告する場面。それまで会話文は、「――」で導かれていたのだが、ここで初めてカギ括弧が用いられる。

「……この河に沿って下って行くと（父親はそう言いながら、黄昏の色に煙る水の表を指差した）、大きな橋がある。お前は行ったことがないだろうが、橋を渡ると、向う岸にここよりも大きな街がある。（中略）その道には苦しいことも多いだろうが、しかし本当の、人間らしい生活に通じているだろう。「要するに私は、お前というものと離れてしまいたいのだ。（後略）（「河」）

このように会話文の頭にはカギ括弧が用いられているものの、それを閉じることなく、次の会話文に連結していく。カギ括弧で閉じられないためか、（　）を用いて「僕」視点での地の文が挿入されている。既に書いたことだが、この場面で「僕」自身は「僕等」という言葉を用い、父親との一体感を期待し、そうなることは二人を包む情景から確かなことだと思い込んでいるのである。だから括弧で閉じないことで、「僕」が父親の会話文に滑り込むことが出来る仕掛けを福永はあえて作ったのだ。しかし、八つ目の会話文で全てを閉じてしまう。

「人間は孤独に生れついている。たとえ親子兄弟の肉親の間でも、人は常に孤独だ。ただ自分が孤独だと自ら知っている人間だけが、強いのだ。お前は母親の呪いのもとに生れた。父親の憎しみを背中に負っている。お前はまったくの一人きりだ。兄弟もなければ友達もない。しかしお前は、誰にも頼らずにお前一人の道を歩くだろう。私なぞの知ることのなかった真昼の道を……。」（「河」）

閉じられたカギ括弧は、父親の「固く閉じられた」「両の眼」につながっている。黄昏の中に一体感を期待した「僕」は閉じられた「眼」に加え、閉じられたカギ括弧でも拒絶されているのである。カギ括弧が閉じられることは、父親がもう何も言わない存在になったことも示している。父親は眼も口も閉ざしてしまうのだ。

このように表現的にも徹底して拒絶する父親を福永は何故造形する必要があるのだろうか？　首藤の言葉を借りれば、「そこには裏がある」のではないかと私は思う。

7　「河」転移する父

「河」に関する論者には、今まである視点が欠けていた。

これまでは「河」を父福永末次郎一家の物語として享受し、それを登場人物と比較し、その偏差を計ることに力点が置かれてきた。しかし、福永がこの作品を「遺書」として書いたのならば、言葉を残すべきは、自分の父や亡くなった母へだろうか？　そうではないだろう。単純に考えたならば、当然自分の家族に対してメッセージを残すべきではないのか。

福永は一九四四年に山下澄子（戸籍名は澄）と結婚、翌年生まれた夏樹と三人家族を営んでいた。「遺書」という言葉は彼らに対してこそ捧げられるべきものである。

その視点が欠けていたのは、その最初の結婚生活、家族生活をタブー視するある種の配慮が研究者に働いていたからだと思う。福永と最も近いところで仕事をしていた源高根にしても、最初で最後の家族生活についてはほとんど触れていない。「編年体・評伝福永武彦」（「國文學」一九八〇・七）でも、「昭和十九年九月山下澄子（原条あき子《ママ》）と結婚」、「（昭和二十年）四月『病院から上野駅へ直行して、着のみ着のまま』（『全小説第二巻・序』）縁故を辿って北海道帯広市に疎開した。七月、長男夏樹誕生」、「結局、北海道で暮したのは通算して二〇ヶ月あまり、酷寒の帯広の冬を経験したのはひと冬に過ぎないけれども、北海道体験は福永武彦の内部に痛切なものをもたらした。私はもともと福永武彦には北方感覚というものがあったような気がするが、それは北海道体験によって深化した。『心の中を流れる河』や『世界の終り』や未完の長篇『夢の輪』に描かれた北海道は、だから〈北の外れの雪の国〉であり、その都会も〈寂代〉〈弥果〉であって帯広、釧路ではない」と結婚と長男誕生の事実のみを書き、帯広体験を「酷寒」

の地で過ごすことで「北方体験」を深化させたと意味づけているだけである。唯一の家族生活については、全く触れるところがない。これは私小説を否定する福永武彦の意向に沿ったものであろうし、没後も後添いの貞子夫人に配慮しなくてはならない何かがあったためだろう。

中村真一郎は「若い福永が途方もない悪意ある虚像に包まれていたのと対照的に、中年以後の福永は純情な崇拝者たちに取りかこまれて、別の黄金の虚像が作り上げられて行った」とした上で、「将来の福永文学の研究家の仕事は、リルケや堀辰雄に対するのと同様に、彼を包むいささか甘いヴェイルを引きはぐことになるだろう。又、そうした仕事を利するような、有益な資料が福永家の内外からおいおい発表されて行くことを、友人として、また文学的同志としての私は、強く望んでいる。周囲の者の感傷的な隠蔽の作業などは、福永を知らぬさかしらであると思う」（「すばる」一九七九・一〇）と追悼文に書いた。

二〇一一年『福永武彦戦後日記』が新潮社から刊行された。私はたまたま、その日記を見ることの出来る立場にあり、全体を閲する機会を得たが、福永にとって自らの家族生活は「河」執筆当時最も重要な問題であったことは、その日記を見るかぎり間違いないことである。そこには妻子を愛する家庭人、福永の姿が克明に記録されている。ようやく、友人中村真一郎の思いが叶うことになりそうだが、ここで深入りはしない。

ところで、「旅への誘い」（全集2）という小品がちょうどその時期のことに触れている。

三年が過ぎていた。その三年の間に色々のことがあったが、それを此所に書く必要はない。戦争は終った。しかし人々にとって、少くとも僕にとっては、状況は少しもよくなってはいなかった。戦争という悪の代りに病気という悪が僕の上に重たく覆いかぶさっていた。そして悪はいつでも不意に、宿命的に、絶望的に現れて、人の意志をぎりぎりにまで深淵の方へ追いつめるものだ。悪の決定される一歩手前で、人はしばしば放心し、虚無の苦い味わいを愛し、自己の意志を放擲したあとの静かな諦念を好む。そしてもしこの悪が決定されたならばもう悪から逃れる必要はない、もう生きるための努力をする必要はないと考えることは、確かに弱い人間に与えられる一つの甘美な誘惑であろう。（中略）

僕はそうした危機の中にいた。気胸療法が可能か否かを調べるために療養所にはいったのだが、それはすぐに出来ないことが分った。後はもう東京に出て成形手術を受ける他に方法はなかった。そして種々の問い合せの手続きや長途の旅行などに対する逡巡、何よりも手術を受けることに対する決意が定まる迄には、生きることの厳しい意志と義務の観念とが必要だった。肉体の悪と相俟って精神の暗い無気味な戦いもまた戦われた。そして絶望を経験した者でなければ、どうして生きることの愉しさを知り得ようか。（「旅への誘い」）

福永が単身であれば、「悪」の「甘美な誘惑」に屈したかも知れない。しかし、福永には生きなければならない「義務」があったのである。守るべき家族があったのである。

その視点で、「河」の父親を見直そう。これまで単純に父親とは末次郎であろうと考えられてきたが、それを武彦にスライドすることは出来ないだろうか。いや、むしろ福永武彦こそが父親なのではないか。

あの全てを拒絶する父親は、実は「全てを拒絶せざるを得ない人物」として存在していたのではなかろうか。そう考えると、あの父親の言葉も違って聞こえて来るはずである。「お前はまったくの一人きりだ。兄弟もなければ友達もない。しかしお前は、誰にも頼らずにお前一人の道を歩くだろう。私なぞの知ることのなかった真昼の道を……」。これを父親福永から息子夏樹に向けた言葉だと考えてみよう。

福永は胸廓成形手術を受けるために、息子夏樹を帯広の祖父母と叔母の下に置いて、妻澄子と上京した。もちろん、祖父母らに育てられているとは言え、父親も母親も夏樹のそばにはいない。早くに母親を亡くし、家庭というものの暖かみを奪われてしまった福永にとって、自分の家庭をしっかりと守りたいという心情は人一倍強かったはずである。はからずも病を得て、家族の別離という行動を取らざるを得なかったのは自らの意志に背くものであった。しかし、その運命は運命として受け取らねばならない。

「河」は「遺書」である。一人残された夏樹に向けて「お前はまったくの一人きり」で「真昼の道を」「歩くだろう」とメッセージを残すのは当然だし、同時にそれは祈りの言葉でもあったはずだ。

だとすれば、「河」の父親が抱える過去に対する執着も、人生に対する考え方もある程度納得することが出来るだろう。

たとえば「僕」は苦しみを抱えながら生きている父親に残酷な言葉を放つ。「それならいっそ死んでしまったら?」と。対する父親は「私たちは勝手に死ぬ権利はないのだ」とした上で、次のような死生観を語る。

——誰でも勝手に死人の世界にはいるわけには行かない。選ばれたもの、つまり生きることを果し終えた人間だけがこの世界にはいって行く。人生は謂わば壺のようなものだろう。誰でもが一つずつ壺を持っている。人生の経験と感情とが、というより人生そのものが、純粋な液体となって一滴一滴とこの壺の中に貯えられる。この壺が一杯に溢れた時に人間は死ぬ。しかしいつ私たちが人生のすべての体験を終って死人の世界にはいって行くのか、それは誰も知らない。壺の中に滴り落ちる人生の滴というものは、当の本人には少しも分っていないのだ。苦しい苦しいと思って、早く死にたいと喚いている人間が、六十七十まで長生するかもしれない。それと、十や二十歳で若死する人間との間に、人生の意義というものは少しも変っていないのだ。同じ滴を、同じ量だけ貯えている。ただ生きるということは、死ぬその時まで分らないから、私たちはどんなに苦しくても、一人一人、生き方を探しながら生き続けなければならない。その代り、死人にはもう私たちに干渉する力はないのだ。生きている者だけが生きているのだ。（「河」）

これを末次郎ではなく、武彦が夏樹に与えた言葉だと考えるのは荒唐無稽に過ぎるだろうか。私はそうは思わない。「僕」があれほどの拒絶にあっても前向きに生きているのは（もちろん福永自身の生への意志と義務の宣言でもあるのだが）、そういう生き方を武彦が夏樹に望んだからに他ならない。

先述の『戦後日記』の一節を引く。一九四七（昭和二十二）年七月七日。夏樹、二歳の誕生日の日に福永が帯広療養所の一室で書いたものだ。

本日は夏樹の誕生日なり。満二歳を迎ふ。感慨多し。我はよき父に非ず。汝を置きて父母は上京する文儀《ママ》となりたり。汝は好き子なれば祖父母の家にて元気に過すならむ。されど我が病のため親子三人上京せんとするplanは頽れたり。夏樹は何といっても澄子一人になつきたればさぞ寂しがるならむ。そを思へば我の為せる罪の大きさに打たる。不幸な子なり。しかれども汝は元気に育つべし。汝の道は平安と幸福とに通ずるべし。我が祈なり。我が誓なり。（『福永武彦戦後日記』）

この日記の二ヶ月後、福永は「河」を書き始める。

8　「静かな大地」「キップをなくして」流れるもの

池澤夏樹の代表作に北海道を舞台にした『静かな大地』（朝日新聞社　二〇〇三）がある。母方の祖先を題材に書かれたものである。ここで池澤は「喪失の物語」を綴った。

淡路から静内に移住した士族の子、宗形三郎は弟志郎とともにアイヌの子と親しく交わる。長じて三郎は遠別に牧場を開く。先住のアイヌと手を携え、理想的な牧場経営をし、良馬を生産する。子どもの頃から知るエカリアン（雪乃）と三郎は結ばれる。彼女は捨てられた和人の子をアイヌが育て上げた娘である。万事は順調に進むかに見えたが、フチ（アイヌのお婆さん）のモロタンネが亡くなり、そのチセ（家）が焼かれてから、和人たちの抱いていた嫉妬、差別の感情が歪んだ圧力となって、徐々に宗形牧場に、主人公の三郎に襲いかかる。エカリアンを産褥で亡くした三郎は、遠別の山の水楢の木の根本に身を預け、自らの心臓を銃で撃ち抜く。

姪にあたる由良が宗形三郎の伝記をまとめる形で、この物語は進行していく。その由良は夫長吉と伯父の死の理由は何だったのかを語り合う。「力が尽き」た、「空っぽだった」、「死ねばすべては無になると知って、それで無を選んだ」、「絶望していた」、「追い詰められた」と順に理由を探っていく。

最後に長吉が「アイヌと共に何か事業を成すということがそもそも無理だったからだろうか」と聞くと、由良はこう答える。


「そうかもしれない。江戸時代の松前藩のやりかたはひどいけれどわかりやすかった。アイヌに仕事を押しつけて無理に働かせた。明治の御代になってからは、こっそりとして実はもっときついやりかたに変わった。アイヌのためと言いながら、アイヌの生業を次々に奪った。

三郎さんはずっとそれを見ていたのよ。アイヌたちのすぐ傍らに立って見ていたの。だからアイヌというものが全体として崖の方へ追い詰められていることもわかっていた。

だけどその崖は三郎さんの崖ではない。アイヌに手を貸すだけだったら、アイヌが崖から落ちるのを脇で見ていればいい。なるべく落ちないよう配慮しながら、それでも落ちる者を泣きながら見送ればいい。バチェラー先生はそうなさっていたわ。だから何十年にも亘ってアイヌに手を差し伸べていられた。

鉄砲を自分に向ける理由は別にあったと思うわ」（『静かな大地』）

この物語は状況を積み上げることで三郎の死に迫る。しかし、本当の理由はわからない。理由はわからないが、死の意味はある。「死の理由」を自分の問題として引き受け、問い続けること、それが由良にとっての、あるいは読者にとっての三郎の「死の意味」だろうと思う。

池澤には「死の意味」を問う物語がもう一つある。『キップをなくして』（新潮社　二〇〇五）である。キップをなくしてしまった子どもたちは、駅にとどまり、そこで生活する。彼らには駅の子＝ステーション・キッズという役割が与えられている。彼らは人混みに押されうまく電車に乗れなかった子どもを、ときに時間を止めて乗車させる。彼らは見えない「駅長さん」の指示に従いながら、他の子どもたちを救い、そこで出会ったものに興味を抱き、考え、学習していく。集団であるため、彼らは規則正しい生活を送る必要もある。自然発生的にリーダーも生まれ、集団生活を営んでいく。ここには理想的な子どもの成長の姿がある。その意味で少年少女の成長譚であるのだが、ここにはもう一つ重要な物語があった。

主人公の名前は遠山至。駅の子たちはそれぞれ下の名前かあだ名で呼び合っているから、至はイタルと呼ばれるようになる。そのイタルにとって気になる存在がミンちゃんである。彼女はほとんど何も口にしない。イタルはミンちゃんに話しかける。どうして何もたべないのか。ミンちゃんはイタルに自分が死んだ子であることを明かす。ミンちゃんは他の子どもが駅の子になったときには、既に部屋の片隅にいた。しかし、誰もミンちゃんが食べない理由を尋ねることはなかった。それをイタルがした。「たぶんミンちゃんの話を聞くのはキミの仕事で、だからある意味でぼくたちはキミを待っていたんだ」と先輩のキミタケさんに言われる。

『キップをなくして』は子どもの成長譚であるとともに、主人公イタルが「死者の声」を聞き取る物語なのである。ミンちゃんは電車に轢かれて死んだ。しかし、悔いが残り天国に行くことを拒み、「駅長さん」の計らいで駅の子となることを選んだ。イタルはミンちゃんが天国に行くべきだと考える。そして、ミンちゃんが死に、最も悲しんでいる「ママ」に会うことを勧める。イタルと一緒に「ママ」に会ったミンちゃんは天国に行くことを決意、「グランマ」（おばあちゃん）に迎えに来てもらうことを願った。「駅長さん」はお墓のあるところまで行かなければならないと説く。お墓は北海道静内の先にある春立にあった。駅の子全員で汽車に乗り、お墓に向かう。

『静かな大地』の三郎が死んだ場所は春立から山に向かった遠別である。そこにイタルたちは向かい「死者の声」を聞く。イタルの名前は「遠山至」だった。三郎の開いた牧場は春立の丘、「遠別」にある。その「山」で命を絶った。イタルは「遠」別の「山」に「至」り、死者の声を聞く役割を初めから与えられていたのである。

丘の中腹の墓地におばあちゃんが待っていた。イタルたちはおばあちゃんから「死」と「心」の話を聞く。おばあちゃんは、人の心は小さな心の集まりで、その小さな心を「コロッコ」と名づける。「コロッコ」は永遠で、それが一つの命をつくる。その命を十分楽しんで、亡くなれば徐々に解散して、宇宙全体の大きな心に入る。喜びがなかった場合、「コロッコ」たちが議論して、なかなか向こうに行くことが出来ない。納得するまで時間がかかるのだと言う。ミンちゃんも、幼くして死んだため「コロッコ」たちが納得せず、天国に行けず、駅の子になったのだ、と。

「ちゃんといっぱい楽しんで、苦しみもきちんと受け取ったか、ということね。それが死ぬことの準備でもあるの。長くても短くてもいい。よく準備された人生ならば、死んだ後もコロッコたちはずっと一緒のままでいて、生前のことをいろいろ思い出して、いつまでも話が尽きない」（『キップをなくして』）

「八年の生命を八年分として受け取って、不満もなく向こう側に行く」ことをミンちゃんの心は納得した。イタルたちの目の前でミンちゃんはおばあちゃんと一緒にすうっと消えていく。イタルは死ぬまで、このことの意味を考えようと思う。

「河」で父親が「僕」に示した死生観とおばあちゃんの説明はどこかで通い合っているのではないか。

「河」の父親はこう言っていた。

苦しい苦しいと思って、早く死にたいと喚いている人間が、六十七十まで長生するかもしれない。それと、十や二十歳で若死する人間との間に、人生の意義というものは少しも変っていないのだ。同じ滴を、同じ量だけ貯えている。ただ生きるということは、死ぬその時まで分らないから、私たちはどんなに苦しくても、一人一人、生き方を探しながら生き続けなければならない。（「河」）

もちろん、死生観というものは口に出せば一般論的なものになってしまうものだろう。それでも、福永が「死」を見詰め続けた作家であり、池澤が「死の意味」を問う行為そのものに価値を置く小説を書いたことに、奇妙な一致を見てしまうのは穿ちすぎだろうか。

ところで、北海道の人たちは津軽海峡を「しょっぱい河」と呼ぶ。福永武彦は帯広から書きかけの原稿「河」を持ち、津軽海峡を渡り、東京で完成させた。一方、池澤は子どもたちに津軽海峡を渡らせ（小説の設定は青函連絡船がまだ現役だった一九八七年である）、「死の意味」を聞きに自らの先祖ゆかりの地を訪れさせた。偶然と言えば偶然に過ぎない。しかし、ここには不思議につながっている回路、流れるものがある。

父が書いたものは十代にほとんどぜんぶ読んだ。その後の新作も出るたびに読んだ。二十代の前半には年に数回は会っていたが、その折に父の仕事についてぼくが何か言うことはなかった。それでも父の作品群はぼくの中に一つの規範としてあった。（「父との仲と『風のかたみ』」「文藝春秋」臨時増刊号二〇〇六・一〇）

池澤夏樹は福永が亡くなるまで小説を書くことが出来なかったと何度も語っている。父へのコンプレックスが作家池澤夏樹を育てたのは間違いないことだろう。

文学的な影響という点では父よりもずっと大きなものをぼくに残した母の方に対しては、父との間にあったようなコンプレックスは何もない。母は詩人であったが、このことはぼくにとって何の障害でもなかった。ぼくは母を最適の距離で最後まで愛することができた。父の場合のように重ねると突き放すの間を往来することはなかった。（「父との仲と『風のかたみ』」）

父に対し今、素直にコンプレックスを語れるのは、池澤自身にある種の自信があるからである。多くの仕事を成し遂げ、社会的な地位も得、父とは違った生き方をし、更には父の亡くなった年齢を越えたことも自信につながっているのだろう。だから、「読めない」（「父との仲と『風のかたみ』」）としていた『忘却の河』の後書きを書いた。そこでは、福永文学の本質を次のように表現している。

ぼくは昔からある一枚の図柄に捕らわれている。絵として見たわけではないのに、ずっと頭の中に常住している。それは無限に続く平原に無数の塔が立っていて、ぼくたち一人々々はそれぞれの塔の屋上にいる、というものだ。魂は人格という塔の中に捕らわれている。そこから魂を解放するのは容易ではない。

隣の塔にいる者の姿は見える。声を掛ければ返事が戻ってくる。長い会話も可能だし、その相手を好きと思うこともある。しかし、その人を抱擁するためには塔を降りて地面に立たなければならない。その時こそ愛は確かなものとなるのだろうに、塔を出る勇気はなかなか湧かないのだ。妻と夫においても、親と子においても、その困難は変わらない。

これが人間のありかたである。愛の成就にはいつも困難が伴う。（「今『忘却の河』を読む」『忘却の河』新潮文庫 二〇〇七）

これは『忘却の河』の解説であるとともに、福永文学の「愛の不可能性」のイメージを見事に喝破している。誰も「塔」から降りては来ない。そして福永の作品の多くの登場人物は「過去」に捕らわれている。確かにその通りである。「河」の父親も決して「塔」からは降りて来ようとはしていなかった。喪われた妻の幻影の中に生を営んでいるに過ぎなかった。

しかし、ここで思い出すべきは「河」の「僕」に福永は何と言わせたかである。

「愛とは勇気」である。「愛」とは一歩踏み出すことだと「僕」は言う。いや福永が言わせている。福永はその後池澤が指摘するように「塔」に籠もった人物を造形し続けた。しかし、「僕」には自立を強く促したのだ。

最後にもう一度確認する。

「河」は「遺書」であった。

「草の花」の成立——福永武彦の履歴

序

「草の花」は福永武彦の全作品の中で最も読まれたものであろう。他の作品が絶版となる中、新潮文庫として継続し続けているのは、それが青春の文学として愛され、ある地位を与えられてきたからに他ならない。たとえば、俳優の宮崎美子は朝日新聞のコラム「思い出す本　忘れない本」(二〇一二・九・一六)で「草の花」を取り上げ、愛と孤独とを語るこの本を「絶対に手放せない一冊」と語っている。また北海道新聞のコラム「百年読棚《よみたな》」(二〇一三・四・二六)でも歌人の馬場めぐみが、この本をエピソードとも紹介している。

宮崎はこの本を手にしたきっかけを次のように語る。

高校一年生の時に、友だちの推薦で読みました。「すごく良いから読んでみて」と上級生に教えられたクラスの子を通して、仲良しの女子グループの間ではやり、私もお小遣いで買いに行きました。

これが「草の花」が伝播していく一般的な形だろう。一方の馬場の場合もまた「草の花」受容の一種の典型であると思われる。

私がこの小説を知ったのは21歳の時、大学の同級生であったある友人を通してであった。彼女を含めた友人達と談笑する中でふと一番好きな本は何かという話になった時、彼女はふっと「草の花、福永武彦の」と呟いた。その静かな声のトーンが忘れられない。普段よりもどこか幼く、宝物をそっと他人に見せるような慎重さと儚さを含んだ声。この本は彼女にとっての聖域ではないか。その直観が私にこの小説を読ませ、読了後、直観は小さな確信と化した。

青春時代、人づてに「宝物」のように渡される本。それが「草の花」である。宮崎は語る。「こんな風に愛を語るとは。なんともまばゆい世界なの」と。「草の花」は大人の世界をかいま見せる入門書であった。一方の馬場は「汐見の愛は2回とも破れていく。その裂かれるような孤独に触れるとき、私は友人のかつての孤独を思う」と他者理解の指針として読んだ。人生体験の浅い者が、形而上的に示される愛や孤独に憧れ、この本を手にしたのである。

一方、こういった読書体験を、小谷野敦は批判する。小谷野は「草の花」を「青少年にとって、有害な書物である(1)」と断定する。キリスト教に影響を受けた形而上的な愛を読者が「規範的に受け止めてしまう」ことが問題であり、それは「不健全」だと言う。確かに、「草の花」は「愛」や「孤独」、そして「死」までをも理想化してしまう嫌いがあるし、「甘ったるい」という指摘も否定し得ない。しかし、小谷野もまた「草の花」の良き読者だったのではないか。そうでなければ、「有害」とまで言い放つことはできない。彼もまた理想化された愛や死に自らの青春期、強い影響を受けてしまったのである。

若者を引きつけるそれだけの魅力が、すなわち若者がつい憧れてしまう「形而上的」だとか「純粋性」と称される何かがこの作品にはある。たとえば、「愛」「孤独」「死」とは、福永文学を思い起こさせる惹句であるが、「草の花」にはこれら観念的な言葉がふんだんに用いられている。そして、その「愛」と「孤独」は「死」という揺るがない絶対的なものによってコーティングされている。藤木忍の「死」、汐見の「死」は「愛」を求め「孤独」に生きた者の物語を美しく包み込み、ある喪われた青春という観念的世界を作り上げている。そして、そのパッケージを読み手は受け取り、丁寧にその包装を解いていく。その中にある「愛」も「孤独」も「死」によって包み込まれているため、美しい観念世界として読み手は安心して味わうことができるのである。

しかし、それら観念的な世界は、小谷野の言うように初めから観念によって染められていたわけではない。そこには、極めて具体的な体験が秘められている。その具体性が抽象化する過程での福永の苦悩と挫折。本稿は「草の花」の成立に対し、福永の体験から観念へと至る道筋をたどっていく。

（1）『恋愛の昭和史』（文藝春秋　二〇〇五）

第1章 「第一の手帳」の成立

1 年譜に漏れた作品

福永は学生時代にいくつか短篇や詩、短歌などの作品を残した。発表媒体は旧制第一高等学校の校友会雑誌や寮新聞であった。それらの作品群は曾根博義作成の詳細な年譜に記載された。(1) そこには福永が学生時代に書いた小説や詩なども余すところなく載せられているように思われていたが、やはり遺漏はあった。極めて重要な短篇一編が欠けていたのである。

その作品は「絶望心理」という。寮新聞「向陵時報」(一九三二・二)に「水上愁己」名で発表された。福永が初期にペンネームとして数度用いた「水城哲男」とは違い、この名はただ一度しか用いられていないために看過されたのだろうか、福永の作とされてこなかった。しかし、この作品の存在については鈴木和子が「青山語文 18」(一九八八・三)で既に明らかにしている。鈴木は、発表時期、主題の類似、登場人物名の一致、ペンネームと詩の題名との類似、文中のボードレールの翻訳がその後に発表された福永のものと一致するなどの検証を行い、福永作と類推している。それら検証は妥当であり、前後の作品と見比べてみても福永のものと断定できるだろう。というか、この作品は内容から言って福永以外に書けるはずがないものである。しかし、未だ年譜には反映されていないままになっている。

ところで、この「絶望心理」は「草の花」成立において極めて重要な位置にある。

もともと「草の花」の原型に「慰霊歌」があることは福永自身が明らかにしている。[2]その上で矢内原伊作が一高時代に書かれた短編「かにかくに」が更なる原型であることを明かし、[3]その二編についての論考もいくつか発表されている。[4]しかし、それ以前の短篇については、これまでほとんど論述されてこなかったのだ（先の鈴木論文がわずかに触れているだけである）。「かにかくに」以前に書かれた「ひととせ」、「眼の叛逆」、「絶望心理」それに詩の「ひそかなるひとへのおもひ」を含めてこれら作品群は「草の花」「第一の手帳」成立に深い関わりをもっている。それゆえ「絶望心理」は欠かせない重要な作品なのである。

（1）この年譜は、はじめ『鑑賞日本現代文学27　井上靖・福永武彦』に載せられ、全集20にも掲載、福永の年譜のスタンダードとなっている。最近でも講談社文芸文庫に復活した『幼年　その他』（二〇一四）で若干の補足がなされているものの、発表当時のまま掲載されている。

（2）一九五四年新潮社の書き下ろしとして発表された『草の花』は、その原型に「慰霊歌」がある。『草の花』が新版（一九七二）に改められたとき、福永武彦自身が「『草の花』遠望」というあとがきで、それを示した。それによると「慰霊歌」は「昭和二十四年十二月十日から翌二十五年五月十日にかけて」「療養所の固いベッドの上に横に寝たまま」書かれたという。

（3）矢内原伊作は『福永武彦全小説』第2巻（新潮社　一九七三）の月報に「『草の花』の頃」と題した一文を寄せ、「慰霊歌」には更なる原型があることを公表した。それが「かにかくに」である。「かにかくに」は一九三六年六月旧制第一高等学校の「校友会雑誌」に発表された短編である。現在は『未刊行著作集19　福永武彦』に収録されている。

（4）早くは「『草の花』の誕生」畑有三（「国文学　解釈と鑑賞」一九八二・九）などがある。最近では西田一豊なども「草の花」成立に関わる論考を書いているが、「かにかくに」以前の作品群については全く触れていない。

2 「かにかくに」とその他の作品群

福永が一高在学時に発表した「草の花」に関連する作品を一覧にすると次のようになる。

	作品名	筆名	発表媒体
①昭和十（一九三五）年九月二十七日	「ひととせ」	水城哲男	「向陵時報」（寮新聞）
②昭和十年十月二十一日	「眼の叛逆」	水城哲男	「向陵時報」
③昭和十一（三六）年二月一日	「絶望心理」	水上愁己	「向陵時報」
④昭和十一年六月	「ひそかなるひとへのおもひ」	福永武彦	「反求会会報」（弓術部会報）
⑤昭和十一年六月	「かにかくに」	福永武彦	「校友会雑誌」

一年間に短篇四作と詩が一編、これらはほぼ同一のテーマを持っている。どれもがある少年に向けての愛を描く福永武彦の高校二年から三年にかけての作品群である。

その愛の対象は学年も年齢も一つ下の来嶋《きじま》就信《なりのぶ》である。福永と来嶋は同じ弓術部の先輩と後輩として出会った。第一高等学校は寮の部屋を部活動ごとに割り振っていたから、二人は生活を共にすることになった。そこに愛が生まれ、その後破れた。そして福永はその愛の挫折経験を短期間に書きに書きまくったのである。

書くということは、体験自体を相対化する働きを持つ。特に福永の場合は自らの失恋体験の痛手を癒すためにも書くことがどうしても必要であったのかもしれない(1)。

①「ひととせ」

まず福永は「ひととせ」を書く。福永が発表した初めての短篇であった。全能の語り手が、ある人物に語りかけ、二人連れの学生が話しながら歩いてくる場面を見せる。そのうちの一人(進)は年下の学生に振られ、元の友人(木村)ともう一度友達になりたいと思っている。一方、元の友人木村は「こんな我儘な奴はちつと苦労する方がいい」と思っている。作品はその場面を俯瞰して終わる。

進の愛は次のように語られる。「火のような情熱も、しかし、相手に通じなかつた」。そして、その対象は「一年下の理科の生徒」であり、来嶋その人を連想させる。とにもかくにも、この小品から作家福永は出発したのである。進の「火のような情熱」に木村の言う「我儘」を対置することで、自己の失恋の相対化を願ったのだろう。そして失恋の痛手を友情の復活で慰めようとした。単なる自己憐憫かもしれないが、福永は書くという行為によって自己防衛を図ったのである。実はこの極めて短い(原稿用紙七枚少し)この一篇が、この後に続くどの作品より客観性が高い。だから、本当であれば、これで終わらせるべきであったのかもしれない。しかし福永は、この一作では満足できず、矢継ぎ早に同工異曲の作品を発表し始めるのである。

②「眼の叛逆」

次に福永は「眼の叛逆」を書いた。媒体は「ひととせ」と同じ寮新聞「向陵時報」である。この作品は女の一人語りで統一されている。「私」が愛する「純ちゃん」と呼ばれる年下の少年の眼に、かつて裏切った男と同様の「叛逆」を見て取るという話である。

ここでの愛の対象「純ちゃん」は「天使のやうな無邪気なひと」、「一点の汚れもない」「美しいもの」と描出されている。そして「私が心から愛した唯ひとりの男」に「強くなれ強くなれと云つた、そしてその結果は唯心の底に私に叛くことを覚えさせただけだつたのだ、私は我儘だつた」と自分の愛し方と内省を書く。

やはり、ここでも主人公の行動を「我儘」という言葉を用いて批判する。「ひととせ」に引き続き、自分の行動の中の身勝手さが反抗を招くのだと理解しようとしている。ここで着目すべきは「ひととせ」からわずか一月でこの作品が発表された点であろう。そしてこの二作とも年少の者を愛し、いづれも破れていくという点で全く同じなのである。違いがあるとすれば「ひととせ」の全能視点が一人称になったことであり、そのことで主観性の強いものとなったことである。そして、そこに「向陵時報」の編集者も気づき、編集後記で「君としては更に他の方面に題材を求めて貰いたい様な気がする」と別の素材を用いることを促すことになる。その意見が影響したのだろう、次の作品でそれまで用いていたペンネーム「水城哲男」を捨ててしまう(2)。

③「**絶望心理**」

「絶望心理」は「眼の叛逆」から約三ヶ月後に発表された。しかし書かれた内容は、やはり年少の者を愛し、それに破れるというものである。主人公は水上、愛の対象は小島しのぶである。冒頭にミユツセの「我はわが力、わが生命、／わが友を失ひぬ／さんざめける心また喪し」を置く。悪魔に影を売った男の鏡の中に「しのぶ」を見て「いけねえ、まだ未練があると見える」という独白から物語は始まる。「しのぶの奴のことは考へまいと思つたのに、うんさうもいかんな。何といつても俺が死んだのはあいつの為だつけ」と自らの死と影を悪魔に売ったのは「しのぶ」が原因だと示唆する。しかし「しのぶ」と見えたものは実は「俺の影」であった。俺はその影と問答する。

（俺の本質の姿は一体どこにあるんだ。之はお芝居なのか）

（さうだ、貴様はうはべを繕つてゐるのだ）

（違ふ、俺は衒つてゐるんぢゃない。俺の心から愛してゐる者が離れて行つたのだ、俺はそれを泣いてゐるのだ）

（それがとりもなほさず貴様が嘘をついてる証拠だ）

（俺は愛の定義をしらない。併し俺は、自分の出来る全てのことをした）

（嘘をつけ、貴様は自分の為に愛したのだ）（「絶望心理」）


ここでも、「自分の為に愛した」という自己批判が見られる。しかし水上は「心から私が好きだつた時もあつたのではないかしら」と二人には愛が確実に存在したことを確認することを忘れない。そしてその愛が次のようなものだったと語るのである。

私は夢中だつた。私は初めて自分の孤独の中から助け出すことが出来ると思ひました。そして貴方の性質も弱々しく、ひとりぼつちだつたので、二つの孤独を結び合せて、非力なものが二人してより大いなる飛躍がしたかつたのです。（「絶望心理」）

どこかで聞いたことのあるセリフである。というのも「草の花」にも同様な記述があるからだろう。「どうして分らないのかなあ。愛することによってのみ僕たちは地上の孤独からイデアの世界に飛翔することが出来るんだ」(3)（「第一の手帳」）。

一方、しのぶがこの提案を受け入れないのも「草の花」と同じである。自分を欠点だらけの人間であるとし、水上をはね除ける。

僕は小島しのぶです。僕は理智的で客観的です。またひよつとすると一本気なところがあります。でも水上さんが僕のことを純情だとか、汚れがないとかいふのを聞いてゐるととても厭な気がします。勿論水上さんは僕に諛ふつもりではないのでせうが、僕は欠点だらけの、人を愛す資格さへないやうな人間なのです。(「絶望心理」)

そして、しのぶは、そういった性格の違いは「宿命的」であり、二人が近づくことは「不幸」だと断じる。しのぶの手紙に衝撃を受けた水上は「ぢやあさよなら、しのぶさん」と手紙を閉じると、悪魔のいる世界に入り込むが、最後にはその悪魔さえ消える孤独の中に迷い込んでしまう。

誰かゐないかなあ。ああ、見わたす限り誰ひとりゐないぢやないか。俺自身の心さへ、どこにあるんだか自分でも解らなくなつた。

なんて空しさだらう。(「絶望心理」)

小説はここで終わる。作中「俺の影」が揶揄して指摘するように「とてつもなく主観的」で、これといった出来事・エピソードもない作品である。語り手の意識が持続せず、二つの手紙、日記、悪魔の言葉、引用の詩句などが挿入されるため、読み手が物語世界に共感することも難しい。技巧的と言おうとすればそう言えないこともないが、ひどく読みにくく、面白くない。しかし、そういった小説価値はひとまず置いておこう。とにかくこの「絶望心理」が「ひととせ」、「眼の叛逆」に連なり、「かにかくに」に至る橋渡しをしている作品であるのは確かである。

もちろん、この作品でも自己相対化が図られている。先述の通り「貴様は自分の為に愛したのだ」と、自分勝手な愛であることを認識している。しかし、それは「ひととせ」、「眼の叛逆」の中でも認識していたことではないか。「眼の叛逆」を書き、わずか三ヶ月、「他の方面に題材を求めて貰いたい」と編集者に言われたにも関わらず、筆名を「水城哲男」から「水上愁己」に変えてまで、なぜまた同じ素材を用いるのだろうか。執着というか、執念というか、福永の相対化しようにも仕切れない情熱が吹き出しているかのように感じられる。いや、むしろそれは〈異常な執念〉と呼ぶべきではないか。

⑤「かにかくに」

「絶望心理」から四ヶ月、詩「ひそかなるひとへのおもひ」とほぼ同時に「かにかくに」は発表された。今度は筆名そのものを捨て本名とした。同じ素材に同じ筆名を用いるのを避けたのか、それともそれだけ自信があったということか。しかし、「絶望心理」同様、作品は成功しているとは言い難い。原因の一つは時間の交錯が煩わしい上に、視点人物も定まらず、更に日記などのテキストも入り込んで、それらが未整理であることにある。が、最大の失敗は主人公の他に友人「辻」という視点人物を入れてしまったからである。その辻が物語を先回りするため、読み手は新しいはずの事態を既知のものとしてしか受け取れない。読み手の興味を辻が奪うのだ。もちろんここは小説の価値を云々するところではない。先に進めよう。簡単なあらすじである。

登場人物の氷田晋と藤木忍は一学期に知り合う。しかし秋になると二人の仲がおかしくなる。藤木の心が離れて行くのを感じた氷田は死ぬほど愛していると告白するが、藤木は何も答えない。絶望した氷田は郷里に帰って死のうと何度も考えたが実行できず、再び寮に戻る。翌年二月、藤木は、はっきりと氷田に別れを告げる。苦悩する氷田の話を聞いて友人の辻は藤木の母に藤木と氷田との旅行の話を持っていく。母は納得し藤木を諭す。藤木は伊豆行きを承知する。

伊豆に行った二人はぎこちない時を過ごす。氷田は藤木を風呂に誘い、その肉体に美しさを感じる。そしてそう感じる自分を堕落してしまったと思う。部屋で藤木が家に葉書を書いているとき、氷田はある妄想に取り憑かれていた。明日、藤木と心中する計画である。しかし、翌朝藤木は宿から姿を消していた。一方、友人の辻が宿に駆けつける。二人の旅先の状況を想像しているうちに、二人は死んでしまうのではないかと疑ったのだ。しかし宿には氷田しかいなかった。自分の想像が杞憂であったことを知り、安心して辻が飯を食っていると、隣の部屋から辻を呼ぶ声がする。あとから行くと答え、食べ終えて襖を開けると氷田は毒を飲んで死んでしまっていた。

もちろん、この「かにかくに」も自己相対化のために書かれたものだろう。それは第三者として友人の「辻」を置いたことからも明白である。「絶望心理」での「悪魔＝自分の影」との対話を経て、視点人物の役割を主人公晋の他に辻に多くを担わせることで福永は立体化を図り、自らを相対化しようとしたのである。確かに辻は「同情から始まる愛の醒め易いのをよく知つてゐた」と氷田と藤木の関係を外側から見ようとしているところがある。しかし、この作品でもその相対化はうまくいっていない。たとえば辻と氷田が藤木をそれぞれどう見ているのか、次の引用を比較すると、辻も氷田の一部でしかないことがわかるだろう。

（辻視点）

藤木はおとなしい、無口の少年だつた。母親の手ひとつで育てられて来たことから、弱々しい性質であることは否めなかつた。涙脆い、純情な、それでゐてある時には冷酷なまでの理智があつた。暗い翳に覆はれて陽蔭の花のやうにつゝましやかに咲いてゐる若々しい肉体であつた。美しい顔立ちを持つてゐたが、藤木はいつも顰め面をして、俯向いてそれを隠してゐた。若鮎のやうな伸伸とした手足を持つてゐたが、彼はそれを窮屈に縮こませて机に向つてゐた。此の内気なひとには、だから氷田の真摯な愛情はむしろ恐怖だつた。小さい時から孤独だつた魂にとつて此の刺戟はあまりに強すぎた。(「かにかくに」)

(氷田視点)

藤木は暗い翳を持つて、弱々しげに陽蔭に咲いた雛芥子ともいへた。子供のやうに無邪気に可愛らしくはあつたが、ほゝゑみの中にも淋しい伏目がちの諦めがあつた。父親を小さな時に喪つて母と唯二人の生活を送つて来た為であらう、いつも孤独にひつそりと皆から離れてゐた。晋が最初に近づいて行つたのは此の暗い翳の為であつたかもしれない。高等学校の生活はうぶな藤木にとつてあまりに強烈すぎる色彩のものであつた。晋は藤木に強くなれといつた。晋の持つ熾烈な個性は初めのうちは可憐な少年を圧倒した。(傍線は筆者)(「かにかくに」)

こうして線を引いたところを見比べてみると、両者の表現はほぼ同じ事の繰り返しに過ぎないことがわかるだろう。本来自己相対化するはずの他者がその自己に同化してしまっている。視点人物が違っても同じ風景しか見ないのなら、全くの無駄である。これが「かにかくに」が失敗作である所以だが、逆に言うと、視点人物を変えてまでも、なにゆえにこうまで愛の対象を執念く描くのか？　私にはその疑問の方が大きい。

(1)　曾根博義は全集月報9で、日本少年寮の近安枝の談話として、少年との失恋によって「武彦はこのまま死んでしまうかもしれない」と父末次郎は奥宮加寿に相談、奥宮は郷里九州への旅行を勧め、その後福永が「何ものかに憑かれたかのように文学に熱中し出」したことを紹介している。
（2）先掲の鈴木和子「青山語文　18」に詳しい。
（3）「草の花」の引用は全集2による。また引用にあたっては「第一の手帳」など小題を付す。その他福永の作品の引用は注記のない場合全て全集による。

3　名前に隠された意味

「かにかくに」のタイトルについて首藤基澄は「あれやこれや」の意味であり、晋の恋愛だけではなく、福永の出自の問題が隠されていると言う。確かに首藤の指摘は示唆的であり、その可能性は高い。[1] しかし、ここではもう少しタイトルそのものの意味を考えてみたい。いくつかの学習用古語辞典を引いてみると、「かにかくに」は「あれこれと、いろいろと」の意味の他に、いくつかの歌の用例が引かれている。その中で、万葉集のものを拾いたい。

A　東京書籍『全訳古語辞典』
用例　かにかくに思ひ煩し音のみし泣かゆ（万葉五・八九七）
口語訳　あれこれと思い悩み、自然に声をあげて泣いてしまう
B　ベネッセ『全訳古語辞典』
用例　かにかくにものは思はじ朝露のあが身一つは君がまにまに（万葉一一・二六九一）
口語訳　いろいろとものは思うまい。朝露のようにはかない我が身はあなたの思うままだ。

最初期の詩「そのかみ」が「万葉集に拠ってゐる」(2)ことからもわかるように、高等学校時の福永の万葉へ傾倒は明らかである。とすれば、「かにかくに」のタイトルに万葉の古歌のイメージが含意されているのは不思議なことではない。確かに「かにかくに」にはAの歌のように、あれこれ「思い悩み」「声をあげて泣いて」いる福永がいる。ではBの「我が身はあなたの思うまま」というのはどうだろう?

実は「ひととせ」を除く作品で、主人公たちは自らの愛を表現するのに、「死」を必ず持ち出している。死ぬほど愛しているというのは陳腐であるが、福永はそれを厭わない。「眼の叛逆」では「純ちゃん、貴方のためなら死んでもいゝわ」と女主人公が語り、「絶望心理」には「俺が死んだのはあいつの為だつたつけ」ととぼけた上で、「貴方を不愉快にするのなら、どこか貴方の眼のつかないとこに行きませう。死んでしまつてもいいのです」と自分の「愛」は「死」の重みによって担保されているように描く。「かにかくに」では、更に過激になる。「君は死んでもよいと思つてゐる友達を悪魔の手に売つたやうなものだ」と自分の「愛」を「死」と関連づけることで相手への脅しに使っているようにも見える。更に主人公は愛を確認する最終手段として同性心中を妄想し、結局は自死に至る。

その意味では「我が身はあなたの思うまま」という万葉歌が「かくかくに」というタイトルに隠されていてもおかしくはないだろう。

それにしても「ひととせ」から「かにかくに」に至る「愛」の正体は一体何だったのか?

そこには「我儘」という言葉が象徴するような、いずれも押しつけがましく、一方的な愛の形しか見えてこない。そして、その愛し方も「眼の叛逆」での「強くなれ強くなれ」と言って成長を促すようなものであり、それを「絶望心理」でも「もともと私が貴方に近づいて行つたのは、貴方を幸せにしたい為だつた。貴方の弱い性格を見た時に私は貴方を強くしたかつた。世間知らずの、うぶな少年にすぎなかつた貴方を雄々しく大地を踏みしめて立つ男にしたかつたのです」と執拗に繰り返す。「かにかくに」は「私が焦れたのも此の淋しさ、私がなほしてやろうと思つたのも此の淋しさであつた」と、やはり上から教え込む、矯正するような愛し方を主人公はしようとするのである。そして、この愛し方を拒絶されるや一気に「死」の方向へと進んでいく。これは果たして愛なのか？　私にはわからないが、とにかく、当時の福永はそれをもって「愛」だと思っていたことは間違いない。でなければ、短期間にこれだけ同じことを書き連ねることはできないだろう。

福永にはとめどなく溢れ出る「愛」のエネルギーを封じ込めることが、どうしてもできなかったのだろう。逆に言えばそれを宥めようと、何度も筆を取ったのだろう。そして、それは自身、正当な行為だと信じていたに違いない。

もちろん書き手は、それでいい。そうしかできないのだから。しかし、それを読む側にとっては、それで良しとはならない。一方的に溢れ出る「愛」のエネルギーを、読み手がそのまま受け取めるのは苦痛でしかなかったろう。「ひととせ」から「かにかくに」までの作品群はいずれも第一高等学校の新聞「向陵時報」と「校友会雑誌」に掲載された。当然読者は第一高等学校の生徒に限られている。書き手も読み手も顔の知れた仲間同士である。特に詩「ひそかなるひとへのおもひ」は弓術部の雑誌「反求会会報」に収められ、弓術部員というほんの限られた読者しか想定していないのである。福永は書くことによって、無限に溢れ出る満たされぬ情愛を慰撫し、自己再生を図りつつも、一方で満たされぬ情愛を披瀝することで、それを再び特定の人物に受け入れてもらうことまでも期待していたのではないか。

書き手である福永は自分の思いの丈をぶちまける。一方、ぶちまけられた思いは特定の読者に降りかかる。その特定の読者であったはずの来嶋就信は、福永の思いをどう受け止めたのだろうか？　来嶋は若くして亡くなり、当時の思いを自ら書き残していない。その代わり、友人の矢内原伊作がその一端を述べている。矢内原は「『草の花』の頃」で、「草の花」を読むことは、「遠く過ぎ去った日々」を「よみがえらせる」ことであり、「甘美な懐かしさとともに、複雑な感情の入りまじった、悲しみとも何ともいえない心の痛みをおぼえることなしにそれらの日々を思いおこすことはできない」のだと言う。そして、その過去を語ることは「死んだ汐見茂思の古い傷に触れることにもなりかねない。僕はそういうことはしたくないのだ」とつけ加える。つまり、「草の花」に描かれた時代は「心の痛み」を伴った記憶を呼び起こし、更にそれは汐見＝福永の「古い傷」につながっており、それを明らかにすることは、はばかれるのだということである。かなり遠回しながら、当時の福永の態度を批判しているとみていいだろう。

また、矢内原は同じ文章で福永の「激情的な愛」について、受け手の側から書いている。

藤木に対する福永の一方的な愛は作品の汐見のそれよりも一層激情的で、従ってその愛が拒まれた苦悩は一層深く、またその一方的な激情的愛の受容を要求された藤木の困惑と苦悩は作品に描かれているよりもはるかに深かった。福永は苦しみぬき、そのことによって藤木もまた一層苦悩を強いられた。藤木にとって、苦悩する福永を見ることほど苦痛なことはなかっただろう。彼はただ黙って耐えるほかなかったのである。彼は寡黙になり、沈鬱になり、その澄んだ眼はいつも悲哀をたたえているようになった。（中略）僕は福永の傷ましい姿に同情しながらも、それ以上にそれによって深く傷つけられている藤木に一層同情した。だから「校友会雑誌」に福永が『かにかくに』と題する創作を発表して藤木のことを書いているのを読んだときには耐えがたいほどの大きなショックを受けた。（「『草の花』の頃」）

矢内原は来嶋の気持ちをここに代弁している。「耐え難いほどの大きなショック」は来嶋と共有したものに違いない。ただ、矢内原は触れていないが、「かにかくに」に至るまで、福永は同一主題の作品を矢継ぎ早に発表しているのはこれまで書いてきた通りである。その決定版として「かにかくに」があった。

たとえば「かにかくに」の時間記述に沿ってエピソードを並べてみると、それ以前の作品の発表時期と奇妙に符合しているのがわかる。

①僕は去年の秋に帰省した時に一度絶望した↓「ひととせ」一九三五年九月
②併し僕はまだやり直せると思つたんだ↓「眼の叛逆」同年一〇月
③二月に藤木からはつきり、理解し合ふことは不可能だから別れようと云はれて↓「絶望心理」三六年二月
④それでも此の未練は三度私を駆つて斯の如き悲惨に向はしめた↓「ひそかなるひとへのおもひ」「かにかくに」同年六月

繰り返された作品、それをなぞるかのような「かにかくに」の記述、そのメッセージは矢内原の言うように藤木＝来嶋を苦しめたに違いない。繰り返し書いてきたように、その愛は独善的、一方的なものである。ましてその経緯を福永は活字にする。人目に曝すのである。①から④に至る節目に発表された作品群は、福永の来嶋に対するラブレターであったかもしれないが、来嶋にとっては悪夢を引き起こす呪いの書としてしか見えなかったのではないか？　しかし、福永はそのことに自覚的ではない。むしろ、無意識に来嶋を責め立て、平気なのである。

たとえば、福永の付ける登場人物の名前である。「眼の叛逆」では「純ちゃん」と名付ける。愛する少年には「純粋」であってほしいという願いなのだろう。更に「絶望心理」では「小島しのぶ」と名付けた。来嶋は、「進」や「晋」を名乗り、ぐいぐい「進」んで迫ってくる福永に責め立てられても堪え「忍ぶ」しかなかったのである。

ましてコジマ・シノブと音にだけするとキジマ・ナリノブのジマ・ノブが一致する。福永はそのジマとノブを生かし、コジマシノブを作り出したに違いない。

更にかにかくにでは小島を藤木に変換する。それが慰霊歌を経て草の花の登場人物名にまで連なっていくのだが、藤木もまた来嶋を来歴としているのだ。キジマを逆さまにするとマジキである。そのマジキのマの一画、点を取るとフになる。フジキはこうして作られている。

こう見ると複雑な符牒ではないことがわかるだろう。小島しのぶも藤木忍も来嶋就信を直接名指ししているに等しい。

（1）首藤基澄『福永武彦・魂の音楽』（おうふう 一九九六）

（2）「詩集に添へて」全集13。「その昔（かみ）」は「校友会雑誌」355号（一九三六）に掲載され、詩の後に蛇足として「母上の形見」の「萬葉集」を「筐底」に見出したとして、その後に母親を思慕する文が添えられている。

4　「かにかくに」の「愛」とは何か

これまで見てきた通り、高等学校時代の福永が見せる愛は他者への想像力を欠いたものでしかなかった。曾根博義は「かにかくに」の愛を次のようにまとめている。

その愛に盲目になり、死ぬほど悩み苦しまなければならなかった背景には、自分の内なる母が異性との正常な関係を禁じていたという事情があったであろう。異性との関係だけではない。同性との間でも肉体的な結びつきはきびしく抑圧された。要するに、現実の愛も、永遠に充たされることのない郷愁でなければならなかったのである。（「福永武彦の人と作品」）

自分の「内なる母」によって他者と関係が禁じられていることが、愛に悩む背景だというのである。しかし、「かにかくに」においては、そういう禁忌の意識、あるいは無意識が情熱を燃え上がらせているようには感じられない。母への思慕は、どんなにあがいたからといってどこにも届くことはない。しかし、藤木への愛はそうではない。それを「我儘」と知りながら、繰り返されたメッセージは、特定の読み手をターゲットにしている。そして、そこには他者に対する嫉妬が強く働いていたのではないだろうか。「ひととせ」の中には「それに邪魔する者もゐた」とあり、「かにかくに」でもその存在を記述している。

氷田の他に多くのひとが藤木の周りにゐた。藤木が氷田よりも親しくしてゐる人もゐた。（それは曇つて来た晋の主観の過りであつたかもしれない）愈々駄目、藤木はもう自分を分つてはくれない、と晋が暁り得た日に、即刻彼は飄然として故郷に去った。（「かにかくに」）

また同性心中を思いついた主人公の晋は明らかにそれを他者に見せびらかすことを欲望する。「やっぱり藤木はあいつを愛してゐたんだ」と思わせたいのである。なぜか？
つまり、最初の失恋を自覚したときから、晋は藤木の周りにいる親しい人物の影を明白に意識し、他者の手から藤木を奪い返すことを求めている。その強い嫉妬心が死とバーターする福永の愛の本質ではなかったか。

確かに母の欠落による他者の渇望は理解できるものの、「かにかくに」段階では稚児的存在である藤木忍をもう一度他者から取り戻したいという欲望が先に立っている。自らを「我儘」「卑怯」と言いながら、結果として次々作品を公にすることで、その「我儘」を貫こうとしたのが若き日の福永武彦だった。

5 福永の愛の変容

それが、変貌するには愛の対象、来嶋の死がどうしても必要であった。矢内原伊作は『若き日の日記 われ山にむかひて』（現代評論社 一九七四）で、その死を書き留めた。一九三八年一月八日、来嶋は高等学校卒業間近に敗血症で命を落とす。

来嶋〔一高弓術部の友人〕が死んだ。私の来嶋は死んでしまつた。来嶋はもう死んでしまつてゐないのだ。どこの教室をのぞいても何度あの家を訪れてもゐないのだ。来嶋、来嶋、何度呼んでも答はないのだ。最愛の友よ、かけがへのない私の宝よ。

此の悲しみをどうしよう。あふれ出る涙は流れるにまかせよう。しかし私の傷はいえないのだ。ああ、来嶋よ、来嶋よ。

僕は彼が好きだつた。私は彼を愛してゐた。彼も私を愛してくれた。冷たいむくろは動かない。彼は死んだのだ。

（中略）

深更、福永君に通知する。寝静まった街に下駄のみ鋭くひびいて、訪ねる家はなかなか見当らない。私は彼に言ふのが怖ろしかつた。彼の涙は一番辛いに違ひないと思つたから。福永よ。ダンテの如く、ベアトリチエを失ひしダンテの如くあれ。ダンテ――それは私自身ではないか。神曲、それは私の書ではないか。彼の涙！私には一番辛い涙だ。永久に記念されよ、今日の日よ。来る年も来る年も一月八日には涙を新たにせよ。

矢内原が詠嘆的に死の悲しみを日記に書き留めたのに対し、福永は来嶋の死の五年後、「続・ひそかなるひとへのおもひ」という詩を書くことになる。もちろんこれはかつて「反求会会報」に書いた「ひそかなるひとへのおもひ」の続編になる。

散文ではないため「ひそかなるひとへのおもひ」については先には触れなかったが、やはり来嶋にとっては辛い表現が残されている。第二連に「あのほとり悲しい夢はいくつも割れて／お前は魔性のやうにひびの入つた古時圭／でもいつの日か心なる昔にかへり／颪の吹く嶮しい山みちを越えようね」とあって、来嶋を「魔性」の存在だとする。そして第六連では「こころないひとの笑みも」とあって、二人の仲に他者が介入していることを匂わせていた。その意味で「ひととせ」から「かにかくに」までの短篇と内容的に変わりはない。しかし、「続・ひそかなるひとへのおもひ」になると、そういった執着めいたものが消え、爽やかな諦念に変化する。各連の最後にあるリフレイン「みんないつのまにか行つてしまつた」が詩のリズムをつくり、取り返しのつかない過去への諦めが表現されている。第四連では「死んだひとは帰らない　もう帰らない／そして青春も　希望も　かなしいいのちも／みんないつのまにか行つてしまつた」と露骨に青春の終わりを告げる。

福永は来嶋の死に自らの青春の終焉を重ね合わせた。だからその第一詩集『ある青春』（真善美社　一九四八）には初め「若く死ぬといふ意味である」「『ＭＯＵＲＩＲ　ＪＥＵＮＥ』といふ総題が附けられてゐた」のである。[1]
福永は来嶋の死を『ある青春』という詩集に閉じ込め、自らの「青春」に対する追憶として大切に保管しようとしたのである。そして来嶋の死は福永の「愛」というものも変質させた。

（1）先掲「詩集に添へて」

6 「――Fr《ママ》gments――」

さて、ここに未発表の「――Fr《ママ》gments――（筆者注 Fragmennts〔断片〕）」というノートを半分に断ち切った小冊子がある。巻末に「昭和十七年九月　軽井沢」とあり、来嶋が亡くなってから四年半が経過している。ここにその全文を載せる。当時の福永の愛に対する考えが最もよくわかる資料だと思うからである[1]。

＊＊＊

an propos de lu nuit, la solitude et l' amour（1942）

夜・孤独・愛

夜が平和であったのは何故であらう。

昼の間は多くの人の冷たい眼に見守られ、あまりに鋭い光の中に身を沈め、幻暈と放心との中にまどろんでゐるのに、ひと度太陽が沈みあたりが闇黒にとざされると、ひとり黒々と褪めた窓の前に鈍く灯されたラムプを置き、深い夢想に身をまかせる。その時に夜はあまりに暗く悲しく、無数の蛇と獣とに充満し、兇悪の悪霊に充ちてはゐても、しかも何かしら人の近より得ない孤独な親しみを持つやうに感じられる。その時に暗い夜は人間の魂の中にまで滲みこみ、心を真黒く塗りつぶしてくれる。

思へばそれは人間の心が苦悩と絶望と哀愁とに包まれてゐたからではなかつたか、あまりに昏い人の心は真昼の暖かい光をも怖れ、むしろ夜の中に自分の心と似通つた一の雰囲気を感じたのではなかつたか。夜さへもが――すべての人の怖れ嫌う夜さへもが、尚親しみを以て感じられる人の心は、何といふ悲惨な宿命の呼声に悩まされてゐることであらう。

従つて夜は恐怖であることが当然なのだ。夜は暗黒の原始に於て如何なる野獣よりも夜一般としての恐怖を人に与へた。夜の闇に於て人は自己の住居も所有する武器も愛する者も、すべてを見ることは出来なかつた。彼はただ自分ひとりと対してゐた。いなその自分の手をも、足をも闇の中で見ることは出来なかつた。そして星も月も、その幽かな光はかへつて人間に無意味な物の相を映し出した。火をおこすことが出来ても、しかも瑤めく灯はその周囲の夜のあまりにも暗いことを証拠立てるのみであった。原始に於て人は自らをも夜の中に喪失した。実体としてただ自己をしか信じられなかった原始人に於て、夜は如何に恐怖にみち太陽は如何に希望に輝いたであらう。

夜を怖れることは人間の本能に他ならない。その夜をも尚人間が平和に感じるやうになるまで、明るい太陽をも人間が恐怖するやうになるまで、地球はいく度太陽の廻りを廻つたことであらう。

孤独について。

何故に人間は孤独を覓めながら孤独の中に沈潜してしまふことが出来ないのか、孤独を愛しながらしかもなぜ孤独が怖ろしいのか。

すべての思想も意志もすべて孤独の中からのみ生れてくる。孤独が人間を作り、芸術を作り、人間の行きつく世界までの灯であつてくれる。恐らく真の孤独ほどに——自ら覓めて得た孤独ほどに美しいものは何もないであらう。それなのに人は孤独になると誰か友人を探さうとする。人と人との間に湧いてくる感情を理智がそれを虚飾だと教へても、それに心をよせて自らの孤独感を忘れようとする。その時孤独は人間の弱点なのであらうか。

芸術に於て作品は作者ひとりのものである。作品はいはば作者の孤独の重さに懸つてゐる。特に詩に於て孤独を持たない詩人はない。そして人が真に物を考へるのが彼の孤独の中に於てであるとすれば、思考の高さは孤独の重さと正比例する。人は孤独の中に於て恐らくは最も神に近くなる。人はそれを知つてゐながら何故孤独から逃れようとするのか。

そこに孤独の苦しみが反省されなければならない。たとひ美しく見えたとしてもそれは孤独者の外貌にすぎぬ。彼の内心の苦悩と寂寥とが深ければ深いほど彼の外貌には清らかな美しさが浮んでくる、然しそれには内面の苦しみが反比例してゐるのだ。人は屢々外貌のみによつて「孤独」にロマンテイツクな空想を与へる。然し孤独には些かの甘い浪漫の夢もない、夢の喪失——それが孤独の第一の定義なのだ。

人は原始に於て宿命的に孤独であつた。人は兇悪な野獣に対して何の武器も持たない、彼には角も力もきばもない。あるものはただ彼に武器を製作し、或は野獣から逃避することを教へる「理智」ばかりだ。然しこの「理智」さへもが、人が自らの無力とその孤独な絶望とを教へてくれる反省を生んだのではなかつたらうか。この新しい武器はかへつて自らを傷つけるものではなかつたらうか。

さうして彼は友を覓め社会を覓めた。孤独は生活上から人間の内心の敵だつたのである。そしてこの敵は永遠に人間の心の中に生存し泯びることはないであらう。

従つて人はまづ友を覓める、孤独に近い生活を持つ時にますます強く人を慕ふ。それは人間の歴史と共にある真理であらう。始めから、生れた時から孤独を覓めることはあり得ない。孤独は生の黄昏であり、愛の薄暮である。孤独の問題の前には常にまづ愛の問題がある。

1. 人は他人を理解することは出来ない。
2. 人は他人の中に自己を見る。自分の影、ある時は相似に於て、ある時は対称に於て、自分の影を見るにすぎぬ。
3. 人はそして遂に自分自身をも理解することは出来ない。
4. 人は各人が永遠に孤独である。
5. 理解することは精神の作用である、それは理智の範囲である。
6. それならば人は感情によつて人を理解することが出来るか、即ち愛によつて。
7. 愛によつて対象の魂を掴むことは出来る、しかしそれは理解したといふ自己満足であつて理解そのものではない。
8. 愛によつて対象の魂を掴むことは、相互に同じ程度に（勿論高く飛翔して）行はれることは殆どない。愛しあふ二人に於ては常に「愛する者と愛される者」とである。「愛する者」の自己満足は理解でない故に常に不幸である。「愛される者」は理解に対して何の苦しみを持たない故にかへつて幸福である。

9．愛することは理解しようと努力することとまるで別のことだ。人は頭脳と心臓とを同一にすることは出来ない。

10．愛しあふことは夢を見てゐることだ。愛する者は相手の魂を自己の影の鏡にし、愛される者は自分の魂を相手にゆだねえたと思ひつつ喪失して。

——誰でもが孤独を持つてゐる、ただそれを知ると知らないと。

孤独と愛と。

孤独は最後の逃避である。そこに行きついてしまへばもう希望もない、憩ひもない、ただ暗黒の絶望の痙攣ばかりだ。そして孤独に至らずとも人は魂の高貴を掴むことは出来ないか。高い思惟の世界に飛翔することは出来ないか。

さうして人は友を覓める、愛する者を覓める。人と人との関係に於て人間を信じようとする努力、自己をすら信じられないとしても尚感情に溺れることにより人を信じようとする努力、それが始まる。人との関係に於て美しさを見ようとする、ある時は自己の孤独（未来に於ける——或は現在の偶然的な孤独）の美しさの再現であり、またある時は自己の無価値への抗議ともなつて。

人によつて人間の価値を信じようとする努力は常に孤独の前に来る。愛は孤独の前奏である。人は愛の翼を喪つて始めて荒涼たる孤独と相対する。

愛することは孤独からの絶望的な逃走である。真に自己の現状の救ひのない虚無感に苦しめられてゐる者には、愛することは必死の祈りとなる。愛することにより相手の魂を掴み、魂を掴むことによつて自己の魂の絶望的状態を救はうとする。その時に発生する二つの問題——、

1．なぜ愛することにより孤独から救はれるか。

2．なぜ愛されることを覓めないのか。

愛することによつて孤独から救はれることはないのではないだらうか。人は愛する対象に自己の感情を移入して、自己の愛するやうに自分をも亦愛してくれと願ふのではないだらうか。即ち人は単に愛されることを覓めて愛するのではないだらうか。そして多くの場合、対象が自分を愛してくれないとしても、しかも「愛する」といふ行為の中に自己の魂と向き合ふ苦しみを避け、孤独でない自分を意識しようとするのではないだらうか。

そして対象が自己を愛し始めると「愛する者」の愛情の褪める場合があまりにも多いのは、愛し始めた「愛される者」のすがたがあまりにも「愛する者」の愛しかたと似通って、「愛する者」はそこにただ自己の絶望的な愛の影をしか見ないからではないだらうか。

不安の原因、

——小鳥が何羽も木の梢に集つて殆ど必死の勢で鳴いてゐるのを聞く時なぜ凶兆を感じるのだらう。

——幼児の泣声は変に救ひやうのない傷ましいものを感じさせる。幼児の恐怖は我々の原始の時のあの非力な絶望の再現なのであらう。

——ざわざわと聞えてゐた物音がすつかり途断えた時、まひる時。

——物の位置が少しでも前と動いてゐるやうに感じられる時。机の上のペンの位置が一瞬傍見をした後に変つてゐることに気付いた時に果してこの一瞬は心理的に一瞬と感じられたのみで実際には五分も十分もたつてゐたのではないか。時間に対する不信は常に不安の原因である。

——現に自分の前にゐる友人が一寸でも彼らしくない様子を見せた時にこれは本当の彼ではなく彼の影にすぎないのではないかと考へる。自分の見てゐるのは一の幻象ではないか、或は déguisé した悪魔ではないかと。

——すべて見てゐるものが真に存在してゐるものでないと考へる時、すべて耳にする音が同じく存在してゐるものでないと考へる時。

——この風景は前に夢の中で見たことがある、或はこの事件は、といふ時。或は夢の中で前に起つた事件の方が現実なのではなかつたろうかと考へる時。

——すべて多くの人を見ることは不安である。

——不安はすべて孤独から来る。

男の孤独と女の孤独と。

この両者はまるで別の物ではないのだらうか、生れながらにして別のものではないだらうか。

1．男の孤独は、死がその躰の中に宿つてゐるやうに、やはり生れながらにして持つてゐるものだ。それは年と共に大きくなり彼の心を苦しめ始める、彼は人を理解しようとする、他の男の友人の心を掴へようとする。しかし男性は皆自分の孤独をひとに見られることを好まない。男はみな自分の孤独を隠しておき、その頭脳によつて相手を理解しようとする、然しそれは不可能なのだ。人各々の孤独は城壁のやうに他を相対してゐる。そして彼は、直観により魂を掴むことの出来る場合として女性を見る。

2．女も亦生れながらに孤独を持つてゐる。しかし彼女の心は長くそれに耐へることが出来ない。彼女は孤独を慰めてくれる人の来ることを幼い時から待つてゐる。はたしてその人は来るであらうか、それはどのやうな人であらう。この期待が彼女の孤独をやさしく色どつてくれる。女は常にさうした夢を持つてゐるのだ。たとひ老年に至るまで遂にさうした夢が実現しなかつたとしても、彼女の孤独には甘美な夢の名残が美しく残つてゐて、それに忍従することが出来る。

従つて彼女は殆ど男の孤独を理解し得ない、男の心の中にあるあの荒涼とした氷雪の孤独を理解し得ない。然し彼女は愛されることによつて男を逆に慰め、男の心の花となることが出来ると思ふ、また愛される時に彼女自身の心の孤独は泯び去つてしまふのだ、幸福なもの——女。

リルケが女に「常に愛する者でなければならない」と言つたのは、この孤独の喪失を怖れたのだ。心の中に孤独を持つてゐない者ほどよりどころのない惨めな人間はゐないから（勿論孤独は最後のよりどころなのだ）そして愛した女たち、ガスパラ・スタンパやサポオなどは自らを逆に男の立場に置かうとした。そこに始めて真の孤独が生れてくる。しかし男は生れながらにその苦しみを持つてゐるのだ。

従つて男が女を愛し、女が愛されるといふのは最も平凡であり最も当然なことだ。それは少くとも幸福の目的を持つてゐるから。それに反し男同志《ママ》で或は女同志《ママ》で愛しあふことは困難なのだ。男同志《ママ》では互に孤独と孤独とを赤裸々に向ひ合せねばならない、しかも男は鋭い理性を持ちそれは知らず識らずに相手の孤独に鋭い爪を立てるから。女同志《ママ》では一人が常に孤独を守り、男の立場に立たなければならない。しかしそれも更に深い、更に本能的な孤独を持った者――男性、の現れの前には夕顔のやうにしほれてしまふものだ。

昭和十七年九月　軽井沢

＊＊＊

ここで着目すべきは「男の孤独と女の孤独と。」と題された最後の章である。男の孤独と女の孤独とは違うとして、女の孤独は男に「愛される時に彼女自身の心の孤独は泯び去つてしまふ」のだから、女とは「幸福なもの」だと認識している。女性には失礼な話かもしれないが、当時の福永は確かにそう思っていた(2)。

一方、この章には男同士、女同士の愛も語られている。それらは「幸福の目的」を持たないため困難を伴うとしながら、特に男同士の場合は「鋭い理性を持ちそれは知らず識らずに相手の孤独に鋭い爪を立てる」がゆえに一層困難であると語っている。来嶋就信が亡くなって四年が経過して至った一つの結論がこれであった。

しかし、この男同士の愛は不可能であるという結論は男女の愛の不可能性とは結びついていない。一九四二（昭和十七）年の福永はまだ女性との運命的な出会いを経験していなかった。

（1）この資料は池澤夏樹氏の北海道文学館寄託資料の一つであり、掲載は氏の許可を得ている。また本文テキストには段落分けはないが、便宜上それを行った。北海道文学館での福永展図録にその写真が掲載されている。

（2）　その後書かれた福永の「愛」に関するエッセイ「愛の試み」（初出「文藝」一九五六　全集4）では、男女の愛をこのようには分けてはいない。

7　「慰霊歌」

福永が「草の花」の原型には「慰霊歌」があるとしたということは既に書いた。対して矢内原伊作が更なる原型に「かにかくに」があると指摘したことにも既に触れている。では、なぜ福永は「かにかくに」に触れなかったのだろうか？　もちろん「かにかくに」の存在を福永が忘れていたわけではないだろう。しかし、それを原型としなかったのは「かにかくに」は「草の花」と命脈をつなぐものではないと考えていたからに違いない。来嶋の死という絶対的な条件が「かにかくに」には整っていなかったのである。同事件であっても、福永の愛の形自体「かにかくに」と「慰霊歌」の時とでは大きく異なってしまったのだ。

しかし、来嶋については『ある青春』として詩集に閉じ込めたはずである。福永はこの事件についてなぜ再び筆を執ったのだろうか？

さて、その「慰霊歌」は存在だけが知られていたのだが、『未刊行著作集19　福永武彦』が刊行され、現在は簡単に読むことが可能になった。実際に目を通してみると福永が「『草の花』遠望」で語っていた内容がほぼ正しかったことがわかる。そこで虚心に福永の言葉を受け止めるならば、「慰霊歌」執筆の動機とは次の通りで間違いないだろう。

――藤木忍が死んでから十年以上の歳月が過ぎ去っていながら、その死は常に私の負目のようなものになっていた。私は彼について書かなければならない、死者をこの世に引きとめておく唯一の方法は彼を表現し定着しその姿をもう一度甦らせることである。私が作中に書いたように、死者は生者たちの記憶と共になお生きており、生者たちの死と共に決定的な死を死ぬのである。死者について書くことは生者の義務に他ならない。従って私は自分への義務として、そしてそれは勿論藤木忍への義務でもあったが、死の影におびやかされつつ「慰霊歌」を書いた。(「『草の花』遠望」)

生者の義務として死者を描く。「慰霊歌」中にも「生者は必ず死者を記憶し、死者と共に生きなければならない。死者を嘆き悲しむと共に、その泯び去った生命を呼び戻すことは生者の当然の義務である」とあるし、「草の花」でも「このような死者の生命は、それが生者の記憶に属しているだけに、いつでも微弱で心許ないのだ。従って生者は、必ずや死者の記憶を常に新たにし、死者と共に生きなければならない。死者を嘆き悲しむばかりでなく、泯び去った生命を呼び戻そうとすることは、生者の当然の義務でなければならない」(「第一の手帳」)と繰り返している。確かにそうだろう。詩人として死者の魂を定着させることはした。しかし、小説家としてはまだだった。ましてあの「かにかくに」で終わらせることは出来ない。病の床にあり、自らの死を意識していた福永は、小説家として、今一度散文の世界に死者の魂を呼び戻し、死者とともに生きることを定着させる必要があったのである。

ところで、私には「草の花」では消えた「慰霊歌」の次の一節が気にかかる。

むかし僕が藤木を愛し、自分の魂をこの愛によつて形成しようと思つてゐた頃、僕は自らこの愛に縛られることを望みながら、実は何ものによつても羈絆されることのない自由な自我を信じていた。この愛に死を賭けることもできた。しかし今ではさうではない。——僕達は存在することによつて既に他者に働きかけてゐる。従つて他者と無関係な孤独といふものはない。どのやうな孤独も、自己の場から社会の場への展開をその内部に孕んでゐる（恰も僕達が死を胎内に孕んでゐるやうに）そこに生きることの責任が、僕達の孤独に一層の厳しさを要求するのであらう。（「慰霊歌」）

「慰霊歌」に残されたこの思考こそが、第一高等学校時代の一人の少年に与え続けた身勝手な愛情に対する自己批判なのである。ようやく「愛に死を賭ける」愚かさを知ったのだ。

今一度確認しよう。来嶋の死後四年経って「——Frgments《ママ》——」を書いた。その翌年には「続・ひそかなるひとへのおもひ」を書き、その後の第一詩集『ある青春』で福永の思いは一応完結した。しかし、小説家を志した福永には、それだけでは不十分だった。十年後には自らの思いが他者との関わりを無視したものであったと認識し、自己を相対化するに及んで、ようやく「慰霊歌」という小説を書いたのである。そして、それがほぼそのままの形で「草の花」の「第一の手帳」となった。

しかし相対化が出来たとはいえ、「慰霊歌」は「草の花」ではない。これだけでも不十分であった。「第二の手帳」がなければ「草の花」は成立しない。

第2章　「第二の手帳」の成立

1　ただ一人の少女

「慰霊歌」は「『草の花』遠望」にある通り、一九四九（昭和二十四）年十二月十日から翌年五月十日にかけて書かれた。原稿は「群像」の編集者に渡されたものの、返されてしまったのである。そのことにも福永は言及している。

構成は変らないが、冗漫な箇所が多くて我ながら下手である。私はこの原稿を「群像」に送った筈だが結局採用されなかったし、そのことをかえって有難かったと思っている。こんな荒削りの中篇がもし活字になっていたら、私は再起不能なまでに叩かれただろう。（「『草の花』遠望」）

「冗漫」「下手」「荒削り」と「慰霊歌」の欠点をあげつらうが、実際の作品はそこまでひどいものではない。むしろ「第一の手帳」の原型としてかなり整っていたと言うべきだろう。ただし、仮に活字になってしまった場合、「草の花」は生まれなかっただろうから、「採用されなかった」のは結果として幸いだった。

さて「第一の手帳」は、この「慰霊歌」でもってほぼ出来上がっていたとして、「第二の手帳」はどうであろうか？

川西政明は『新・日本文壇史7　戦後文学の誕生』（岩波書店　二〇一二）の中で「『草の花』はその生涯にわたって

私小説を書かなかった武彦の唯一の私小説である」とした上で次のように書く。

来嶋の死後、武彦はしばしば来嶋家を訪れた。その理由は武彦が来嶋の妹を愛しはじめたからであった。「草の花」の「第二の手帳」で武彦は書いている。

藤木千枝子、――僕が青春に於て愛したのはこの少女だった。

この藤木千枝子について、武彦は「僕は今日までに、ただこの少女一人の他に愛した女はいない」と告白している。また矢内原伊作は「主人公汐見茂思は若き日の作者自身であり、藤木忍にもその妹千枝子にも原型がある。その原型の人たちがあまりにもよく描かれているために、そして僕自身がその人たちのあまりにも近くにいたために、僕はこの小説を客観的に読むことができない」（「福永武彦「草の花」の頃）と打ち明けている。

この証言により藤木千枝子が来嶋就信の妹であり、武彦が実在の人物をモデルに千枝子像を造形していることが分る。そしてこの千枝子は就信の妹「静ちゃん」であることも分る。（「暗黒意識と罪のゆるし――福永武彦の愛の世界」）

つまり、千枝子＝来嶋静子であり、「第二の手帳」での恋愛は、全てその静子と福永との実際の経験に基づくことだと言うのである。確かに短篇の「風花」などは完全なる私小説であるし、『福永武彦戦後日記』(1)に書かれた経験は未完の「夢の輪」にそのまま生かされている。まして、友人の中村真一郎はある講演の中で、福永は本人が言うほど「想像力」の作家ではなく、むしろイマジネーションは貧弱だったと断言する。

福永は堀辰雄と非常に似たところがあって、想像力が極度に貧弱なんですね。で、想像力が貧弱で、その代わり記憶力が非常にいいわけで、で、これは堀辰雄もそうなんで、堀辰雄の小説は、ほとんどイマジネーションがなくて事実を書いているんで、小説家としてはそれは根本的に欠点だと思うけれども、福永も小説を書くたびにモデル問題が起こるんですね。つまり、変えて書けばいいのに変える能力がなくて記憶力がいいからあったことを書いちゃうもんだから、そのたびに何度もモデル問題が起こって、僕がそれを解決するんでやっかいな思いをしたことがあるんだけれども。(2)

そういう意味で「草の花」の原型として来嶋就信、静子、そしてそのお母さんというモデルは確かに存在していたし、素材として用いたことは間違いはない。けれど、私には「第一の手帳」における藤木と来嶋就信との関係が「第二の手帳」の千枝子と静子との関係とは同一だとは思えないのである。(3)

なぜならば、川西が千枝子＝静子の根拠にしている「ただこの少女一人の他に愛した女はいない」という汐見の言葉は、福永がかつて詩「火の島」で献辞として用いたものであり、その献辞は、一九四三年の夏、神戸で後の妻山下澄（筆者注　通称は澄子）に捧げられたものであるからだ。

だからといって、千枝子＝澄であると言いたいわけではない。藤木忍＝来嶋就信ほどの緊密な結びつきが千枝子＝静子には感じられないということである。むしろ千枝子には、それまで福永が出会った複数の女性が投影されていたのではないだろうか。

（1）『福永武彦新生日記』（新潮社　二〇一二）には「一九四九年日記」と「一九五一～五三年日記」の二つが収められている。また『福永武彦戦後日記』（新潮社　二〇一一）には「一九四五年日記」、「一九四六年日記」、「一九四七年日記」が収められている。以後日記に関しては「四九年日記」等の表記を用いる。

（2） この講演は一九九七年八月、軽井沢で行われたものである。また一九六〇年の「文藝手帳」（池澤夏樹氏北海道文学館寄託資料）には次のようなメモが残されている。「年譜の試み／親父に問ひ合せること／伝記と作品と対照にする」（九月二十三日付け）と書かれおり、自己の伝記と作品とが近いところにあることを自覚していたことがわかる。

（3） 静子は『福永武彦新生日記』の中に登場する。一九四九年二月十一日「＊直村静子より書翰。家族の写真が入つてゐる。不なので感慨多し。彼女は幸福でゐるべき筈だ」。同年三月六日「＊直村静子より来信。少し寂しげな文面幸についての暗示的な内容。この人も僕ももつと幸福であることも出来た筈なのに」。五二年八月十七日「原宿に来島《ママ》を訪う。小母さんは不在、徳ちゃんと静ちゃん、それに子供が二人。何年ぶりかに会い、さりげない話を交し、ふと時間を錯覚する。『風土』は広告を見て買ったというが、一冊を献辞を書いて贈る。徳ちゃんは依然として九州発送電本社詰。静ちゃんは学習院女子部を教えているという。帰りに彼女は取《ママ》めるのもきかずに原宿駅まで送ってくれた。道を歩きながら、それまで快活にしていた彼女はそっと指の先で眼の涙を拭った。この一しずくの涙。何故に、かくも遅く」。これら記述から、なにがしかの関係が二人の間にあったことは容易に想像できる。だからといって、「第二の手帳」の記述が二人の関係をそのまま描いたことにはならない。矢内原伊作は「キリスト教文学」第8号（一九八九）のシンポジウム「堀辰雄・福永武彦の文学」の中で「『第二の手帳』の方は戦後にフィクションもかなり入れながら、千枝子との関係をああいう小説の形に仕立てたんで、その点が（筆者注「第一の手帳」と）リアリティが違うと思いますね」と語っている。また、大森郁之助は東京女子大の修業年限が六年であるのに、千枝子の卒業が四年になっていることから、福永が日本女子大と混同しているのではないかと疑い、モデル像が曖昧ではないかと指摘している（「福永武彦『草の花』年立考」「札幌女子短期大学紀要」第25号一九九五）。柘植光彦も「第一の手帳」の時の汐見には一種の熱狂があるのに、「第二の手帳」ではあまり熱狂していないとして「第二の手帳」に「何か不自然な」「物足りない」ものを感じている（「共同討議　福永武彦の作品を読む」「國文學」一九八〇・七）。これらは愛の対象としての「千枝子」の弱さを示している。

2　無教会基督教批判　千枝子への愛

「第二の手帳」に戻ろう。ここでは汐見と千枝子との愛は「第一の手帳」の忍に対するものと比べると、もたついた印象を与える。対象に向かってグイグイ攻めていかず、千枝子に対しては相応の距離を汐見は保ち続けているように感じられる。その距離を生み出しているのが基督教である。千枝子は無教会基督教を擁護し、伝道の重要性を語る。一方汐見はそれを批判し、孤独な信仰を主張する。議論は常に平行線であるのだが、両者にそれほどの差異はない。信じるという一点に於いては両者は同じであるのだが、とにかく同じ議論が二人の間で何度も繰り返されるのが、〈もたつき〉の原因となっている。

しかし、「第二の手帳」において二人の基督教論争が起きるのは、ある特定の場面からなのである。二人が関係する二つ目までのエピソードでは信仰の問題は出ているもののまだ〈ぬるい〉のである。

最初のエピソードは、ミュンヘンでビールを飲んだ後、千枝子の家を訪ねる場面である。母親がいない間に二人は小説の話をする。信仰の話は母親が戻ってからで、母親は基督教に対して「今更」と言って、自分が不信心であることを表明し、汐見はそこに深入りしない。

次は音楽会からの帰り道の場面である。「千枝ちゃんの顔を見ていると、色んな苦しいことも同時に思い浮んでくる。基督教のことや戦争のことや、とにかく僕等二人と関係のある色んなことがね」と汐見は言うが、その場の幸福感が二人を包み、信仰の問題はそれ以上進展しない。

ところが、母親だけがいる家に訪ねて行った三つ目の場面から急に激しい論争が始まるのである。初め汐見は母親と千枝子のことで話し込んでいる。「おばさんは千枝ちゃんをお嫁にやるつもりなんですか？」と聞き、母親も「汐見さん、お嫁に貰って下さる？」と返し、あたかも漱石の「こころ」の私と奥さんとのやり取りを思わせる展開になるのだが、千枝子が矢代と連れだって帰って来ると俄に空気が変わるのである。玄関先で帰った矢代に対し千枝子が「嫌いだわ、あんな人」と言った言葉に汐見は反応する。

千枝子の口の利きかたが矢代に厳しいのを聞いていると、何かしら心が瑤ぎ始めた。矢代、――むかし藤木忍と一番仲良くしていたのは彼だった、彼が藤木と親しげに話を交しているのを見るたびに、僕の心は奇妙に波を打ち始めたものだ。そして心が波立っているその時に、愛は夢みられた魂の状態から、不意に、生きることそれ自体の苦しみに変化した。今も、――僕の千枝子に対する愛が全部間違いだったような、生きることが自分の本当の成長とは別のところで試みられているような、奇妙な場違いの印象が、嫉妬というにはあまりにもかすかな心の瑤ぎの中に、予感のように立ち罩めた。（「第二の手帳」）

藤木と仲良くしていた矢代の登場で汐見の心は揺らぐ。そして、話は「沢田先生の聖書研究会」に向かって行く。汐見は「どうしてみんな、あの沢田さんのところに集まるんだろう？　一種の流行みたいじゃないか」と茶化すように千枝子に言う。更に沢田さんは立派だとしながら「それは沢田さんの基督教で本当の基督教とは関係がないだろう」と挑発する。ここから長い基督教に関する二人の会話が始まる。汐見は孤独な自分だけの信仰を持つと言い張り、一方の千枝子は孤独だからこそ神を求め、福音を伝える悦びがあると語る。両者の意見は平行線で交わろうとしない。その上で汐見は「君の兄さんが死んだ時に、僕は神も佛もあるものかと思ったよ、僕はそんな無慈悲な神に少しでも未練のあった自分が情なかった。あの時の気持は忘れられない」とまで言う。兄の死を持ち出して、その死をくい止められない神の無慈悲を言われたら、千枝子も返答のしようがない。だから、千枝子は「気の毒」「寂しくはないの」と汐見への感想を述べるにとどまるのである。

では、汐見は神の無慈悲を言い放った自分自身をどう捉えていたのだろう。

「僕の心も、その風景のように汚れていた」
「急激に高まって来た自分への憎しみ」
「この異様な悲しみは、この取りつく島もない孤独の惨めさ」(「第二の手帳」)

二人の対話での宗教観は汐見がもともと持っていたものだろう。[1]ならば、それを開陳することで、自らの心を「汚れていた」と感じるのは何故か？　「自分への憎しみ」とは何か？　「異様な悲しみ」や「惨めさ」に包まれるとはどういうことなのだろうか？

それは、汐見自身が目の前のいる千枝子と向き合っていないことから生じている。それは違うと反論もあろう。確かに「孤独の惨めさ」に続く一節は「自分の愛している千枝子が、自分とまったく違った世界観を持っている以上、僕等が愛し合える筈はない」とあって、二人の齟齬が決定的になったがため「惨めさ」を感じたのだと言えるのだろう。しかし、それでは自らの心の「汚れ」や「自分への憎しみ」の説明にはならない。この二人の基督教に関する会話を通して浮き上がるもの、あるいは汐見自身の無意識が「汚れ」と「憎しみ」につながるのだ。それは表層には見えない。もう一つの隠れた物語が「第二の手帳」に流れているからである。

その隠されたものとは「矢代」に対する思いである。千枝子の矢代に対する言葉づかいに対して抱いたある感情が無教会主義への批判へと汐見を突き動かしているのである。その思い、感情、目の前にいる千枝子と関与しない矢代への嫉妬心こそが、自らの「汚れ」と「憎しみ」につながっている。

実は「第二の手帳」の冒頭にも、無教会基督教は取り上げられていた。

彼女は基督教を信仰していた。それには矢代や石井などがこの頃、無教会基督教の沢田先生の門を叩いていて、彼等の誘いによって次第に興味を惹かされて行ったということもあるのだろうが、僕のように藝術家を志望しつつ、古代語などを研究している人間とは、意見の合わない点も多かった。僕には信ずべき信仰もなく、神もなかった。僕は数学を専攻しつつ神を信じているのは滑稽だと悪口を言い、彼女は、科学の窮極は神の世界を認めることにあるのよ、などと口を尖らせた。そういう時の彼女の言いっぷりは、真剣そのもので瞳をきらきら光らせていた。負けた、と僕が言うと、その瞳に急に子供っぽい茶目な光が浮び、えへん、と咳佛などをして母親と二人でげらげら笑った。（「第二の手帳」）

汐見は無教会基督教に対して意見が合わないとしながら、ここでの記述は長閑である。「負けた」と千枝子に言うほど、心の余裕が汐見にはある。それが第三のエピソードに至るや、一切後に引く気配さえ見せないのは、その余裕が急に生起した〈ある感情〉によって奪われたからに他ならない。そして、それを奪うものはこの場面では「矢代」の登場しか考えられないのである。

先ほどの引用を今一度確かめてみよう。かつての藤木忍との場合でも「矢代」が登場するや「心は奇妙に波を打ち始め」「愛は夢みられた魂の状態から、不意に、生きることそれ自体の苦しみに変化」したのだし、現在の千枝子の場合も「僕の千枝子に対する愛が全部間違いだったような、生きることが自分の本当の成長とは別のところで試みられている」ように感じてしまうのだ。

つまり「孤独な信仰」と汐見が言う時、その隠れた意識の底には〈対矢代〉という感情が渦巻いていたのである。手記の書き手である汐見は、千枝子に対するその不純さを「心」の「汚れ」と、つい表現してしまったのである。

次に二人が会うのは千枝子が初めて汐見の下宿を訪ねた時である。千枝子は「大学で沢田先生の公開講演」の後に立ち寄った。汐見は戦争の話をする。相手を殺すことを恐れると言いながら、再び基督教の話になる。ここでも汐見は千枝子を責める。


戦争で敵を殺した基督教徒は死んで天国に行けるのだろうか。より大いなる必然の前には、そんなことは問題にならないのだろうか。僕はそれを基督教徒に訊きたいんだ？（「第二の手帳」）

基督教徒は、戦争をやめさせようとして何ひとつしなかったじゃないか。今度の戦争だって、始まってしまった以上はしかたがない、だ。それで一体、基督教徒の魂が救われるだろうか？（「第二の手帳」）


多分汐見は、この問に千枝子が答えられないことを知っている。答えられない問は問ではない。千枝子は何も基督教徒の代表ではない。それを知りつつ、問い詰める行為はどこから生まれるのか？　やはり、ここでも汐見は千枝子を見ていない。何か違うものに向かっているのである。だから、汐見はこれらの問を発した状況をその後で「激昂」と記す。その「激昂」を宥めるのはしかし、千枝子しかいない。千枝子は自分の膝に頰を埋めている汐見の髪を撫で、唇を合わせる。答えられない問を発する男のわがままを身体によって受け止めるしか彼女には出来ないのだ。

千枝子と最後に接触するのは信州のO村である。千枝子はY湖であった沢田先生の聖書講習会から友人の管とし子とともに汐見のいる宿を訪ねて来る。とし子は「自分に一番近しい人を信仰に導けないようでは駄目ね」と千枝子に言う。千枝子は悲しそうな顔をする。その翌日、汐見は千枝子と山に入る。汐見は以前の下宿からの帰り道に千枝子から別れを切り出されたことを問い詰める。

どうせ僕が應召になれば、生きてまた会えるかどうかは分らない。だから、せめてその時までは、君に会いたいと思うのも当然だろうじゃないか。それをもう会わない方がいいなんて、よくもそんな残酷なことが言えるね。（「第二の手帳」）

要するに君にとって、僕という人間は都合のいい友達にすぎなかったんだ。要するに僕は君の兄さんの代りで、君が大人になるまでの、ていのいい家庭教師にすぎなかったんだ。君は僕を愛してなんかいなかったんだよ。（「第二の手帳」）

「残酷」だと言う汐見こそが残酷である。相手の不実を直角的にえぐるような言葉のつぶてに一体誰が耐え得るだろう。だから「どうしてそんなひどいことをおっしゃるの」と抗弁しつつも、千枝子は泣き出さずにはいられない。更に汐見は無教会基督教をいつものことのように攻撃する。

もし君の沢田先生とやらが、この戦争に反対して立ち上ったのなら、悦んでその人の味方になるよ。内村鑑三は御真影を拝むのを拒否して、不敬事件に問われたじゃないか。そんな気骨のある人はもういないんだろうか。教会が無力なように、無教会も無力じゃないか。それだったら神を信じるということは、日向ぼっこをしているのと同じことだ。そんな神なんか信じない方がいい。（「第二の手帳」）

「君の沢田先生とやら」というのは、ひどく嫌らしい言い回しである。千枝子が信頼している相手を蔑み、そのことで更に千枝子を貶めているのである。「第一の手帳」での一方的な愛の迫り方にも異様な情熱を感じたが、「第二の手帳」での無教会基督教の批判にも常軌を逸した激情が内在している。そしてこの批判が千枝子との愛を閉ざす方向に自己を規定していくのである。

むかし藤木忍は、僕がどのように意中を打明けても、僕の愛を理解し得なかった。藤木千枝子も、恐らくは、僕のこの燃え上る心を、地上の空しい幻影としか見ないだろう。こんなにも天上の、楽園の、永遠の愛を夢想する僕も、ただ神を信じていないばかりに、千枝子の眼からは単なる不法の人としか思われないだろう。(「第二の手帳」)

自らを「不法の人」と決めつけ、そのことで千枝子から愛されないと言うのだが、果たしてそうだろうか。そうではなく、最初から汐見は千枝子を愛そうとしていないのではないか。そうでなければ、これほどひどい口の利き方はしないはずである。むしろ論理をすり替え、自分の愛が行き止まりになるのは外部＝基督教に原因があるとする卑怯な態度と言える。千枝子を愛したいのなら、千枝子を全的に受け入れたらよいのであって、宗教上の立場の違いは愛を阻む根本的な原因とはならない。その意味で汐見は卑怯である。一方の千枝子はそのような「不法」を受け入れようとする。理智ではなく身体として汐見を包み込もうとする。しかし、それすらも汐見によって拒絶される。

その千枝子を拒否した理由が書かれている。「何かが僕をためらわせた」「正確に思い出し得ない。恐らくはさまざまの、遠いそして近い理由が、意識と無意識との隅隅に隠されていた」と要領を得ないのだが、自分が「獣になれなかった」のは「僕の内部にある恐怖、一種の精神的な死の観念からの、漠然とした逃避のようなもの」だと言う。それは千枝子が「僕にとって未知の女、僕の内部への闖入者のように錯覚された」からだと理由づける。まとめると、千枝子という「闖入者」が自分の中に入ることで、「恐怖」、「精神的な死」の観念が湧き上がり、そこから逃げ出したということになる。

そして、その時自分は「孤独」の中にいたという。更に「愛は僕を死の如き忘却にまで導くことはなかった」ということは、千枝子を愛することは死のような忘却を自分に与えてしまうこと、すなわち、千枝子を愛すると〈何かを忘れてしまわなければならない〉ということになる。

激情と虚無との間にあって、この生きた少女の肉体が僕を一つの死へと誘惑する限り、僕は僕の孤独を殺すことは出来なかった。そんなにも無益な孤独が、千枝子に於ける神のように、僕のささやかな存在理由の全部だった。この孤独は無益だ。しかしこの孤独は純潔だった。(「第二の手帳」)

非常にわかりにくい表現だが、要するに千枝子を抱いてしまうと僕は何かを忘却しなくてはならず、それは死と等価なものである。だから、自分を孤独の檻の中に閉じ込め、外部を排除せねばならない。その孤独は意味がないけれど、純潔であることだけは確かだということである。

では、汐見は千枝子を抱くと何を忘却してしまうことになるのか？　それは千枝子の兄、藤木忍との記憶しかない。その純潔な記憶を守るために汐見は孤独の中に籠もるのである。「英雄の孤独」と名付けたその孤独は千枝子の精一杯の慈母的な愛を否定しなければ成り立たない身勝手なものであった。

さて、あれほど批判していた無教会基督教については、このO村での出来事以降、描写されることはない。宗教観の違いが二人の愛に影響を与えていることが虚偽であったことを、手記の書き手である汐見は薄々わかっているからである。関係する場面があるとすれば、管とし子から千枝子の婚約を聞かされた時のことである。汐見がすぐさま相手が「矢代ですか?」と訊いたのは、興味が無教会基督教にあったのではなく、実は矢代そのものにあったからである。矢代に藤木忍を奪われ、千枝子も奪われるのではないかという無意識の恐怖が無教会基督教批判となり、そのことが結果として千枝子を追い詰めることになったのである。

つまり「第二の手帳」は表層として千枝子と汐見の愛を基督教との関係で語っているものの、その深層には藤木忍をめぐっての汐見と矢代との対立が隠されていたのである。矢代への〈嫉妬〉が「第二の手帳」を作り上げたのである。

(1) 未完の「独身者」(初出は『獨身者』槐書房一九七五 全集13)では登場人物が無教会基督教について議論する場面がある。基督教についての基本的な考え方は「草の花」とよく似ているが、無教会基督教について一方的な批判はない。「しかし無教会主義の教会は、謂わゆる教会の意識を打破して赤裸々に牧師と信者とが結びつこうとしているだけ、結果的に見れば同じ教会でも内容は一段すぐれているんじゃないかな」と肯定的にとらえている場面もある。

3 矢代とは何者か

では、その矢代とは何者なのだろうか? モデルは自身が語っている通り福永の一級下の矢内原伊作で間違いないだろう。[1] 矢代という名前は矢内原の「矢」の一字を取って付けられたものだろうし、更に一歩進めて考えると次のような隠れた意味も見えてくる。「矢代」と「矢内」の「代」と「内」は「ダイ」という音で一致する。「ヤダイ」である。そして、この語順を変えると「イヤダ」が浮き上がってくる。話は上手すぎるが、福永にとって排除すべき嫌なものが矢代＝矢内原であった。

ここで矢内原伊作の日記『若き日の日記　われ山にむかひて』を思い起こそう。実はあの日記も何となく不自然なのである。父との葛藤、基督教と自己との関係、戦時下の学徒の青春が描かれているが、知人、友人の類はほとんど削除されている。本人も「この期間、私は全く孤独で暮らしていたわけではない。前記の友人たちのほかにも多くの友人や知人との交際があり、家族や親戚との交渉もあり、女友だちさえあり、日記には当然そういった身辺の人々のことがたくさん書かれている。しかし今度発表するにあたっては、そういった具体的な人々に言及している部分はほとんど全部削除した。それらの人々に迷惑をかけることをおそれたからである」と語っている。にもかかわらず、来嶋就信に関してだけは全くの例外なのだ。

矢内原は「もともと日記というものは自分だけのためのものであって、人に見せるべきものではない」「ナルシシズムの塊りである」と言いながら、「ファシズムの跳梁したあの暗い日々を再び来させてはならない」「時代の全く違う今日の読者にとっても『他山の石』となるならば幸い」と刊行に至った理由に戦争という非人道的なものへの批判や教訓的要素があったと語る。しかし、本当にそうなのだろうか？　始まりの五頁目にまず来嶋の死が語られる。そして、終わり三頁前にも再び来嶋が登場するのがこの日記なのである。来嶋に始まり来嶋に終わる。他の友人、知人は削除しておきながら、こういう体裁を取ったことに何らかの意図はなかったのだろうか？

また矢内原は来嶋の日記までも自らの日記に取り込んでいる。「人の世の勤めをなし終へて静かに死ぬ日の来らん事を望む。非常に大なる好奇心を持つて、而も少しもおそれる処なく、いささかの疑をも持たずに！」と書かれた日記を読み、「来嶋は神を信じてゐた。来世を知ってゐた（私はそれを聞いたことがあるが）。これが最後の日記に書いてあるといふこと、何と嬉しいことだらう。来嶋よ、万歳だ。勇士よ、凱旋せよ」（一九三八年一月十日）と一方的に感想を書き付ける。

矢内原は来嶋が神を信じていたことを知る。そして彼の復活を信じ、自身の日記に書き写し、それを出版した。もちろん、ただそれだけのことかもしれない。しかし、それは福永の書いた「草の花」の世界から、自分の愛した友人を取り戻すためではなかったか。来嶋の日記を引用し、来嶋が基督者であることを公開することは自分と来嶋の結びつきの強さを証明するものである。

逆に言うと福永はこのことを十分理解していただろう。無教会基督教の側にいる藤木忍を、どうしても自分の世界に取り戻したい。第1章4「『かにかくに』の『愛』とは何か」で指摘した福永の他者に対する「嫉妬心」は消えることがなかった。初期作品群を発端とするその思いは「慰霊歌」を経て「草の花」「第一の手帳」を貫き「第二の手帳」へ到達したのである。

「第一の手帳」では藤木に激しい愛をぶつけ、藤木の死がそれを純粋な記憶にし、続く「第二の手帳」では千枝子の信じる無教会基督教の徹底的な批判を繰り広げ、神に対する「英雄の孤独」という観念（倫理）を打ち立てることで、もう一度汐見の内部に純粋記憶としての藤木忍を取り込み、囲い込むことを図ったのではないか。すなわち来嶋就信を掌中に収めることが福永の「草の花」執筆動機であり、それは「第一の手帳」から「第二の手帳」を一本の太い棒のように貫いているのである[2]。

（1）　先掲の「キリスト教文学」に矢内原は次のように語っている。「いわば福永から藤木を守るというそういう役割にいやおうなしになっていたわけで、いわば、勿論私の藤木君に対する気持ってのは福永ほど異常なものではなかったと思いますが、しかしただの友達というよりは少し仲のいい親密な友達としていた。とにかく、福永と藤木と私と三人のいわば三角関係があったわけで、福永にとって私という存在は非常に邪魔な存在であったと思います。そのことは『草の花』っていう小説のなかであれは主人公汐見と藤木についてはまったく正確というか事実どおりに書いてあると思いますが、他の友人たちはみな名前が違ってるしそれぞれいい加減に書いてあって、誰が誰だかわかんないけれども、あのなかで藤木の名前がでるとだいたいそばに一緒にいる矢代っていう同級生がいつも出てくる。どうも、私がその矢代に当たるらしい」と「矢代」のモデルが自分だと語り、かつ自分が「邪魔者」であると語っている。

（2）曾根博義は「福永文学の産みの苦しみ」（全集月報9）という一文で、「昭和十年代のはじめの旧制高校生だった彼らはこの観念の世界を現実として生きたのであり、福永文学もこのような現実を生きる苦しみのなかから生み出されたのだ」と、この両者の葛藤に「時代の固有の精神」を見て、「観念」が「現実」世界と一体化しているのを読み取っている。

4　千枝子への愛

ところで、汐見の千枝子に求めていた愛の実態とはどんなものだったろうか？　最もそれをよく現しているのが汐見が書いていた小説の中の愛だろう。その小説を汐見は次のように説明する。

時間は現在でも過去でもない一種の透明な時間だった。場所はここでもなくそこでもない夢の中の記憶のような場所だった。登場人物は名前のない青年と名前のない少女とで、この二人は或いは一緒に旅に行き、或いは遠く離れ合って心に相手のことを想い合った。全体には筋もなく脈絡もなく、夢に似て前後錯落し、ソナタ形式のように第一主題（即ち孤独）と第二主題（即ち愛）とが、反覆し、展開し、終結した。いな、終結はなく、それは無限に繰返して絃を高鳴らせた。僕はその中に、一種の別の生を生きていた。（「第二の手帳」）

「筋もなく脈絡もな」いのだから、どんな話かはわからないが、第三のエピソードで千枝子が汐見に口づけをし、その場を紛らわすためにか、汐見の小説を朗読する場面があり、その一節が書き留められている。

「少女は永遠を待っていた」「果たして、永遠が訪れないと誰が言えよう。少女は固く唇を噛み、眼を遠く据えて、この永遠を待っていた。恰も夜と昼との、このなめらかな、絡み合った、素早い交替のさなかに、流れて行くものは一瞬とどまり、そこに待ちに待った魅惑の時が、彼女の願望を実現して、今、今、天から降り注いでも来るかのように……」。これで終わりになっている草稿を千枝子が読み終わると、汐見には作品全体が「啓示」のように浮かび、「幸福感」に包まれる。そして、「僕はこの小説を生きるだろう。千枝子、千枝子、君が僕と共に生きてくれる限りは」と詠嘆するのである。つまり、汐見は小説中の少女と朗読した千枝子とを同一視して「幸福感」に浸っているのだ。

しかし、千枝子はどうだろうか？　汐見の草稿を読み終わるとすぐに帰ると言い出す。その帰り道で急に別れを切り出す。千枝子は汐見の抱いた「幸福感」とは正反対の「不幸」に怯えていたのだ。「あたし達、もう会うのをやめましょう」「不幸になるだけよ」と千枝子が宣言するのは、汐見の求めているのが「永遠」を「願望」する「少女」であることを知ったからである。それは「夢」の中の出来事でしかなく、現実を生きる千枝子には将来二人の間に齟齬を来すことは容易に予想できたからである（もちろん千枝子は汐見の視線の先に兄がいることに気づいていた[1]）。

ここであの「――Ｆｒｇｍｅｎｔｓ《ママ》――」を思い起こそう。千枝子との交渉は昭和十七（一九四二）年のことである。(2) そして、この小文も昭和十七年に書かれている。そこには先述した通り、男と女の違いが描かれ、女は孤独を慰めてくれる人が来るのを夢みているとしていた。

夢みる少女こそが四二年当時の福永が求める女性像であった。そして、その理想像を千枝子という人物の造形にも愚直に生かしていたのである。

ところで、「第二の手帳」は千枝子への愛が石井との婚約を知って、実質断たれた後も続いていく。むしろ、その続きこそが読者を惹きつけているのではないだろうか。召集直前にショパンのコンサートの切符を千枝子に送り、自らの青春の一頁を飾りたいという汐見の行動にある種のロマンチシズムを感じるのは簡単だろう。「しかし作品を美しく構成することが藝術家の仕事だとすれば、現実を美しく構成することも、また一つの仕事ではないだろうか」という汐見の前に結局千枝子は現れない。しかし、仮に彼女が来たとしても、二人は戦争という死に匹敵するような絶対的他者によって引き裂かれる運命にあった。ここに悲劇を読むことも可能であろう。そして読者は「第二の手帳」のラストシーン「藤木、と僕は心の中で呼び掛けた。藤木、君は僕を愛してはくれなかった。そして君の妹は、僕を愛してはくれなかった。僕は一人きりで死ぬだろう……」という抒情的詠嘆にまんまと騙されてしまう。このどこへも届かない呼び掛けで、最後の最後まで千枝子を追い求めていたようについ読み取ってしまうとともに、汐見の一途で純粋な思いを受け取ってしまうのだ。

しかし、千枝子との愛はとうに汐見自身が終わらせていたのである。

（1） 千枝子が汐見の愛をどう受け止めていたのかは、千枝子から「私」宛に送られてきた書翰（「春」）で分かる。もちろん、それはすべてが終わった後の回想である。もちろん渦中にあっては見えなかったものであろうが、当時の汐見の愛に対し「不幸」の予感があったに違いない。

「今いっそうはっきりと感じますことは、汐見さんはこのわたくしを愛したのではなくて、わたくしを通して或る永遠なものを、或る純潔なものを、或る女性的なものを、愛したのではないかという疑いでございます。或る永遠なものとは、あの方が遂に信じようとなさらなかった神、或る純潔なものとはわたくしの兄、或る女性的なものとは恐らくゲーテの久遠の女性のようなあの方の理想の人だったのでございましょう。その中でもわたくしは、汐見さんがわたくしの兄を見た眼でわたくしを見、わたくしを見ながら兄のことを考えているのを、折につけて感じないわけには参りませんでした。わたくしは兄を心から愛しておりました。兄は本当に純潔な、美しい魂を持っていた人でした。兄は若くして死にました。しかし汐見さんの心の中では、兄はいつでも生きていたのでございます」(「春」)

（2） 先掲「福永武彦『草の花』年立考」

第3章　「冬」「春」の成立

1

山下澄　福永の愛

ところで、汐見はサナトリウムでその手記を書いていた。その「草の花」の額縁にあたる「冬」と「春」の時点での汐見はどのような「愛」の像を持っていたのであろうか？

汐見の姿は「私」という視点人物によって語られている。サナトリウムで汐見と同室になった「私」は大学が同じこともあり、親しみを感じていた。「私」は病気に対しても素っ気がなく、何ものも恐れない態度に「何ものにも束縛されず自由」な精神、すなわち「精神の剛毅」を汐見に読み取る。

では、その精神はどうやって獲得されたのだろうか？

汐見はかつて自分にも生き生きした生があったことを「私」に語る。「生きるってことはまったく別のことだ、それは一種の陶酔なのだね、自分の内部にあるありとあらゆるもの、理性も感情も知識も情熱も、すべてが燃え滾って充ち溢れるようなもの、それが生きることだ」として、その上でもう「恍惚感」を失い「僕はもう死んでいたも同然」なのだと言う。それはまた「第二の手帳」に記した「英雄の孤独」とも違ったものである。「僕は英雄じゃない、僕は英雄の孤独ということを考えたことがあるが、しかし今、むかし生きたようには生きていない」と汐見は語る。「英雄の孤独」は千枝子が汐見の小説から読み取った理想の女性像と一体化したものとし存在し、千枝子の持つ信仰と対峙するための武器でもあった。それも失ったのだとすれば、汐見に一体何があったのだろうか？

ここで一旦汐見を離れ、作者福永武彦に何が起きたのかを確認してみたい。汐見の生き方には、きっと福永の生が影響を与えている。

まず、千枝子と別れた一九四二年から「草の花」が執筆された五三年までの約十年間に福永に何が起きたのかを見ていこうと思う。

十年間を概括すると次のようになる。戦時下、四三年に福永は山下澄と出会い、翌年結婚。四五年、空襲を逃れ北海道に疎開し、一児を授かる。戦後再び東京に戻って居職を探すも、うまくいかず、帯広に戻って中学校の英語教師となった。しかし、四七年、肺結核に冒され、帯広のサナトリウムに入院する。手術のため、子供を妻の両親と妹に預け、澄とともに東京に舞い戻った。清瀬のサナトリウムに入り、幾度かの手術をしたが、病状は一進一退。五〇年には妻澄と離婚した。ようやく回復した福永は五三年にサナトリウムを退所、同時に学習院の講師となる。同年末サナトリウムで付添婦として働いていた岩松貞子と結婚する。

この中で特筆すべきはやはり澄との恋愛、結婚、家庭生活、離婚だろう。早くに母親を亡くした福永は父とお手伝いさんとの暮らしが基本であり、自分の家族というものを持つことがなかった。初めて家族を得た日々が、この十年の中にある。その後の福永の人生を俯瞰しても、この十年が最も起伏に富んだものであり、それが福永の愛というものに影響を与えたのは間違いない。

もう少し詳しく福永と澄、二人の関係を見ていこう。

福永が日本女子大学英文科の学生山下澄と出会ったのは四三年だと言われている。その年二月、神経衰弱のため参謀本部を辞めているのは、前年十二月に召集を受けたためとも言われている。盲腸炎手術後の腹帯のため即日帰郷となったため軍隊行きは逃れたものの、参謀本部に勤めていても召集されるのなら意味がないと考えたらしい。三月には父の末次郎が三井銀行を退職し神戸に移住する。そのため藤沢市で一人暮らしを始めるのだが、その環境の変化が二人の恋愛を進展させるのによいきっかけとなった。

翌年二月に社団法人日本放送協会に勤めるまで、仕事らしいことといえば、仏文学辞典の編纂の手伝いをしているだけで、福永には十分な時間と余裕があった。福永はフランス語を学びにアテネ・フランセに来ていた澄と出会う。その夏、神戸で二人は親密になる。山下澄の実家は神戸にあり、福永の父もまた神戸にいた。二人の恋の進行に都合の良い状況が勝手に出来上がっていたのである。

はじめ二人の関係は先生と生徒のものだったのだろう。福永は熱心にボードレールの詩を澄に教える。澄はそれを喜んで受け入れる。教え、教えられる関係。一八年生まれで一高、東大を出たエリートのお兄さん、福永に対し、五つ年下の女子大生澄は従順であったろう。口伝えに澄は「悪の華」を暗誦する。自然、澄は文学の世界に誘われて行った。そして福永は澄を自分たちの文学グループにも招き入れる。中村真一郎、加藤周一らと結成していた「マチネ・ポエティク」に澄を連れて行く(1)。その中で澄もまた自分の文学的才能に目覚めていくのである。四三年、澄は初めての詩「少女1」「少女2」を書く。福永は十一月に「向陵時報」号外に「火の島」を発表する。あの澄への献辞が捧げられた詩である。

福永はここで自分の「愛」のあり方を確認出来ただろう。嘗て、愛した来嶋。その愛し方を山下澄を相手として実践したのである。

汐見が藤木に求めた「地上のイデアの世界に飛翔すること」や「魂の共鳴」をきっと感覚出来たはずである。男同士では禁忌であったフィジックの世界へもすんなり入ることが出来ただろう。

二人は澄の日本女子大卒業に合わせて四四年秋に結婚する。その二人の新婚生活は四五年に書かれた日記で確認することが出来る。戦後すぐ福永が妻子を帯広に置いて、職・住探しや雑誌発行などの野望を抱いて北海道から本州に帰った日々を「四五年日記」に描いている。長くなるが引用する。

浅間はよく晴れてゐた。澄子とともに遊んだ去年の秋を思ひ出す。その思ひ出の甘美さへも、前途の夢の中には消えてしまふ。（四五年九月六日に書いた前日五日の日記）

宿屋にかうしてゐると去年の油屋を思ひ出す。澄子と共にかうした宿屋での一日二日を送れるのはいつのことだらうか。夢はしばしば彼女の上に至る。（四五年十月十八日）

雑務に追はれてノイロオゼになつてゐる彼女、遠くから僕のことを心配してくれる彼女、子供が可愛くありながら尚自分のいのちをよりいとしんでゐる彼女、そこに欠点はありながらしかも一番僕の好きな少女のタイプがある。彼女、彼女、僕がこのころ裏返しのロマンばかり考へてゐるのは、彼女のchair〔肉体〕へのノスタルジイがさせるしわざなのか。（十月二十四日）

澄子は暇さへあると自分がまだ綺麗かどうかを鏡を見て心配してゐるさうだ。澄子、君は綺麗だよ。みんながさう思つてゐるのだし僕にとつては君が世界で一番のプレテイガールなのだ。そして君があたしはほんとにいけない子なのかしらといふ時に、僕は自信をもつて君が正しい素直な可愛いい《ママ》子であることを証明してあげる。君にさういふ反省を強ひる人達は一体どんな魂を持つてゐるのだらうか。（十一月二十八日）

一九四五年この多難な年があと三十分ですぎようとしてゐる。日本の凡ゆる人々にとつて多難な年、そして僕と澄子にとつても苦痛の如何ばかりか多かつた年。僕等は組長や群長で隣組から苛められ二人とも病人になつて大学病院に入院し、そのあと強制疎開、北海道行、向ふでの苦しい精神的圧迫の生活、サナでの孤独な生活、彼女の出産、その後僕は旅行に、彼女は赤ん坊のお守をして自由と文化とを欠いた生活の中に別々に離れて暮した。僕たちは他の多くの人たちが戦争のため不幸だつたやうに、不幸だつた。

併しそれでも僕たちはこの一年によつて深く愛することを、また愛することは悦びであることを知つた。これは少くとも僕にとつて大きな収穫だつたやうな気がする。愛は苦しいものと思つてゐた。大学病院時代には僕にとつても澄子にとつても、違つた意味で、愛することは悩み多いことだつた。併し僕等はそこを通過した。僕等は愛を灯のやうに心の中に燃して、それにより自分を暖まらせ自分を富ませることが出来るやうになつた。これは何といふ人間的成長だらう。澄子は今現に僕の側にゐる。すべてを理解し、すべてを体験して僕の側にゐる、さう僕は思ふのだ。帯広のサナ時代には数日会へないでゐればもうゐても立つてもゐられなかつた。この変化は、僕の愛がさめたのだろうか。否、絶対に否。愛の本質が変化したのだ。成長したのだ。大きな愛が僕の中に育つて行くのだ。彼女は今や僕と全く一体だといへる。僕のあるところに彼女があるのだ。そして彼女のあるところに僕があるだらう。（中略）そしてこの愛は正しい。

僕は彼女を愛することによつて愛、本当の愛を学んだとしたら、僕はこの愛を万人におし及ぼしたい。すべての人を愛したい。僕が不満に思つた人たちに、これからはさういふことのないやうにしたい。すべてをあるがままに受入れて大きくすべてを包容したい。そこに未来がある。（十二月三十一日）

この福永の高揚感はどうだろう。自分が本当の愛を手に入れたと感じるのは二人で苦悩や不幸をくぐり抜けてきたからだ。戦争中の「隣組から苛められ」た経験、「大学病院に入院」した経験、帯広での「精神的圧迫の生活」そうしたものを通り抜け、それぞれの魂の中に「愛」が大きく成長したのだと福永は言う。

それは、「第一の手帳」で艪を失った舟の中で藤木と二人きりなったときに感じた感覚に近い。

僕の意識の全領域を、あのいつもの眩惑、気の遠くなるような恍惚感が占めた。（中略）もう誰もいなかった。藤木と僕と、ただこの二人だけ。僕等を囲んで、天もなく海もなく、場所もなく時間もなかった。風が吹こうと波が荒れようと、この夜は永遠であり、この愛は永遠だった。もう不安もなく絶望もなかった。僕の腕の中のこの肉体を愛しているという、皮膚のぴりぴりする緊張と、愛されているという嘗て知らなかった異常な感覚、気の遠くなるような飛翔感、藤木を抱いていながら何等やましさを感じないこの精神と肉体との統一、ただこの陶酔が永遠にはてしないように……。（「第一の手帳」）

現実の厳しさ、その中で艪を失った舟に閉じ込められ、どこへ行くのかさえしらない夫婦。しかし、そこには互いに愛し、愛される充実感がある（もちろんそれは福永の内面においてのことだが）。戦争が終わった四五年が閉じられる日、福永は愛の充実を高らかに謳ったのである。

やはりここでも「——Ｆｒｇｍｅｎｔｓ《ママ》——」の女性像は生きている。夢みる少女を理想とし、「平凡」でありながら「男女の愛」は幸福をもたらすはずだという単純な観念を福永は持っていたし、この時はそのただ中にいた。

しかし、汐見がその後経験したように、その愛は永遠ではない。この後、福永は冷淡かつ過酷な運命にさらされる。「生活」という厳しい現実が甘い想像を超え若い夫婦の前に立ちはだかるのである。

四五年が終わり「四六年日記」になると急に重く、暗い影が覆うようになる。「塔」を書き上げ、「僕の五カ年計画」を掲げ、前途は開けていると思っていた福永だったが、岳父山下庄之助のマッチ工場長辞職、自らはＮＨＫを退職するなど、事態は徐々に深刻さを増していく。更には家族同然であったはずの東京の秋吉家からも退去を求められるなど、四月になると「コトスベテヒ」（二十日）と日記に記すほど追い込まれている。同月末日に帯広にたどり着くが職も住も確保出来ていない。前年大晦日の「僕は彼女を愛することによつて愛、本当の愛を学んだとしたら、僕はこの愛を万人におし及ぼしたい。すべての人を愛したい」といった博愛の意識などはその後の日記のもうどこにも登場しない。ようやく帯広中学の英語嘱託教員の職を得、聖公会の副牧師館に住まいを得て生活は小康するが、それも長くは続かない。

（1）福永が付けていた「四四年手帳」（池澤夏樹氏北海道文学館寄託資料）にはマチネに参加した日が記されている。1／30、2／27、3／25、4／22、7／23、11／22、11／29と戦時下ながら、精力的に集まっている。場所は主に加藤周一の家であった。

2　「雨」と「めもるふぉおず」　現実からの脱出

ここで帯広時代に書かれた作品を検討してみよう。

「五二年日記」には、それまでの自らの仕事を振り返った記述がある。「何といふ空しい収穫だらう」（五二年三月二日）と言って小説では「風土」、「塔」、「雨」、「めたもるふぉおず」、「河」、「遠方のパトス」、「独身者」、「慰霊歌」を、詩集は「ある青春」、評論として「一九四六」の中の幾つかと、「ボードレールの世界」を十五年の成果として俯瞰し、あまりに少ない文業に慨嘆しているのだが、中でも「雨」と「めたもるふぉおず」に関しては特に低い評価を下している。「短篇集『塔』のうち『雨』と『めたもるふお《ママ》おず』は再び見たくもない(1)」と再読することさえ嫌がっている。

福永の小説家デビューはこの二作が収められた『塔』（真善美社　一九四六）によってである。その記念碑的短篇集に収められた作品を「見たくもない」とするのはどんな理由によってだろうか？

答えは簡単である。失敗作だからである。では、どこが失敗したのか？

福永は自作について語ることを厭わない。むしろ言い触らすとさえ言っていい。しかし、留意すべきは福永に韜晦趣味があることである。自らを「想像力」による作家であると称するのは、肝心なことを隠すための方便であることが多い。中村真一郎が言うように騙されてはいけない。福永は実体験をつい書いてしまう作家なのである。実体験を書き、それを後から振り返るとその体験自体つまらないものだと思うから「見たくもない」と言うのだ。

二作のうち「雨」は戦後すぐの四六年夏、帯広の「中学校の宿直室で書かれ」たものである。福永にとっては家庭生活を営んでいたころの数少ない所産である。

東京で闇屋をしている僕。その下で働いていた昌二が田舎に帰ると言った日、二人で偶々入った喫茶店にいたルル子が僕の部屋にやって来ることになっていた。以前雨の日にルル子を送ったときに、「次の雨の日」に来ると約束していたのだ。雨が降り、待っている僕。しかし、ルル子は来ない。下宿にルル子から電話が来る。僕のところには来ず、昌二と一緒に列車に乗ると言う。東京駅に向かおうと意気込む僕に再びルル子から電話が入る。岡山まで行く昌二とは違い自分は神戸で降りるつもりだと告げてきた。

気まぐれなルル子に振り回された二人の男の物語。とはいえ、ここに描かれているのは深い恋愛に入る前、他愛ない約束が破られたというだけである。人生の深みや、登場人物の懊悩なども感じられない小話に過ぎない。後の福永の作品と読み比べると、底の浅い失敗作と言っていい。では、なぜこのような作品を書かねばならなかったのか？

着目すべきはルル子の身の上話にある。

わたしお母さんと姉さんとが神戸にいるの。昔ほどじゃないけど暮しには困らない、勿論借家住いよ。わたしは我儘で、遊びたがりやだから、東京へ飛び出しちまったの。けれど昌二さんがね、盛んにお母さんのことを懐しそうに喋るんでしょう。わたしもママのことを思い出してちょっと帰りたくなっちゃった。（「雨」）

ルル子は神戸から東京に出て来た女だった。福永の履歴から考えるとそれは妻、澄と同じ境遇であることに気づくだろう。ルル子の奔放さの一端は澄に来歴する。

両親を頼って帯広に住まいする妻澄の脱出願望（それは福永自身のものでもあったはずだ）が、この作品の執筆動機である。

「雨」に続く「めたもるふぉおず」は、その脱出願望を変身と絡めて表現している。

主人公の立花文平は北海道の地方都市Q市で敗戦を迎えた。同じ部隊の将校たちが帰郷する中、なぜか文平は居残って、T銀行に勤める。毎日「牢獄」にいるような気持ちになりながら、勤めを辞めようとはしない。唯一の慰めは下宿の伊佐子であった。素直な少女はその名から「ウサちゃん」と親しみを込め呼ばれていた。そんな中、文平は身に覚えのない嫌疑をかけられる。帳簿を誤魔化し、その現金が無いというのだ。前日文平が無断外出をしているとき何者かが帳簿を操作したらしい。文平は怒りに震え、「イタチ」と仇名する木下に殴りかかる。上司の「キツネ」にも殴りかかると世界が急変する。「イタチ」はイタチに、「キツネ」はキツネに変身してしまう。下宿に戻ると伊佐子はまだ人間のままだった。安心した文平は伊佐子の手を握り眠ってしまう。しかし、目覚めると伊佐子はウサギに変身していた。そしてウサギは文平を誘う。

いらっしゃい、わたしと一緒にいらっしゃい。あなたは人間の間にいてもしかたがない。人間はみんな野蛮で残酷で、あなたのいるようなところではありません。いらっしゃい、動物の世界にいらっしゃい。動物たちの方がよっぽど平和なのです。行きましょう、わたしたちは動物になって暮しましょう。それは人間でいるよりも、よっぽど愉しいことなのです……。（「めたもるふぉおず」）

文平は求めていた奇蹟が起きたと思い、ウサギの後を追って行く。これは何度読んでも失敗しているなぁという印象を持つ。キツネやイタチ、ウサギやクマといった動物の画一的イメージをそのまま人物に当て嵌め、実際にその動物に変身させるというのは、陳腐としか言いようがない。また主人公の立花文平が、なぜQ市から立ち去らないのか？　その必然性も全く感じられない。自己罰を与えるのなら、それなりの理由が必要である。戦争を経験し、そこに「人間」がいないことを発見したからといって、嫌悪するQ市に留まることはないはずである。

彼は自分の中にも、他人の中にも、人間を発見し得なかった。そして人間はどこにもいない、どこに行っても同じことだ、という絶望が、彼をいつまでもこの土地にとどめていた。万に一つの奇蹟を彼は信じることが出来なかった。なぜなら、どこかに人間として生きている者はいるかもしれないが、彼自身が人間になることの希望は、どこにもなかったから。（「めたもるふぉおず」）

仮に「どこかに人間として生きている者はいるかもしれない」と思うのなら、牢獄のQ市は捨て去るべきである。まして郷里の九州では彼の帰りを待つ母や兄妹がいるのだ。ならば、彼を留める原因は、やすらぎを与える伊佐子の存在以外考えられない。伊佐子は文平に好意を示しているし、文平も満更ではない態度を取っている。では、伊佐子のどこに惹かれるのか？

伊佐子は孤児であるがゆえの淋しさや悲しみを持つという。しかし、単にそう言って済ますばかりで人としての深みはない。もちろん、それ以外の登場人物が田舎者のエリート意識を持ちながら卑屈であったり、盗癖があったりと矮小化されているから、その可憐さ、素直さは際立つのだが、だからといってそれだけの少女でしかない。文平をとどめるだけの積極的な魅力は感じ取れない。要するになぜ文平がQ市にとどまるのかはよくわからないのだ。むしろ、文平をとどまらせるのは福永の個人的な事情に多くを負っていたとすべきではないか。

Q市の「Q」から一画を取るとO市になる。すなわちQ市とは福永が執筆時に住んでいた帯広市であり、T銀行とは北海道拓殖銀行を指すのだろう（実際福永の住居の側に拓銀独身寮があった）。つまり、当時福永自体が置かれていた状況をこの小説もそのまま書いたに過ぎないのである。帯広から脱出したい強い願望がありながら、家族の関係でままならない状況。それを変身し逃亡する話にまとめたのである。主人公の文平は福永の当時の心境の代弁者に過ぎない。福永は何とも不器用な作家だったのである。

帯広時代の福永の主題が脱出であることを「雨」と「めたもるふぉおず」が示している。しかし、ただ逃げ出せばよいという願望を書いた点で、底の浅い小説となってしまったのである。だから、この二作は二度と見たくないものとなった。

しかし、それとは別に、この二作が書かれた時点では福永はまだ「愛」というものを信じていたに違いない。文平が可憐な伊佐子と逃げ出せば、本当の生活があると信じていたのと同様、福永はここを脱出すれば本当の生活を取り戻すことが出来ると思っていた。もちろん、「ただ一人の少女」澄（夏樹も）と一緒に逃亡することを願っていたのである。

（1）「『塔』初版ノオト」全集2。なお、「雨」の初出は「近代文学」（一九四七・一二）、「めたもるふぉおず」は「綜合文化」（一九四七・一二）であり、いずれも全集2。

3

福永澄　愛の喪失

「四六年日記」は六月九日で終わる。その一年後、次の「四七年日記」が帯広療養所入所日の六月十八日から始まる。それは肺結核の再発による闘病記でもある。澄との関係も以前の日記に比べるとギクシャクしたものになっている。そこでは、澄が極度の鬱から自殺未遂を図り、福永を狼狽させる場面もあるのだが、福永の澄への思いはその時点では消えていない。

しかし僕は彼女を愛してゐる。責任も感じてゐる。しかし愛のないところに幸福はないと僕は信じる。僕等はこのままでは不幸を続けるだけだ。しかし死が彼女の絶望を解決すると僕は信じることが出来ぬ。僕はその問題をもつと考へなければならない。(四七年七月十二日)

病気はこのまま帯広にいたのでは良くならない。東京に行って胸廓成形手術を受けることだけが残された最後の道だった。だから福永は最後の賭けに出る。もともと「雨」や「めたもるふぉおず」で脱出を描いてきたのだ。それが現実化するだけだ。

福永と澄はすべてを解決するために東京に旅立つ。当時のメモ[1]によると十月十日、十一日は住宅を世話してくれた聖公会の木末牧師、同窓の鷹津義彦、同人誌仲間の藤本善雄、身の回りの世話を焼いてくれた乳井勝見などに挨拶回りをして、翌十二日に帯広を発っている。十三日函館着。その日は日の出ホテルに泊まり、翌朝「ときつ丸」に乗船、夕方五時に出帆したが、東京芝浦に着いたのは三日後の十七日であった。すぐに帯広での知り合いで一高生の伊藤太郎の下宿に潜り込んでいる。二十九日に長沢氏宅に移るまで都合十日以上伊藤に厄介になっている。その間中村真一郎、窪田啓作、加藤周一、矢内原伊作たちに会って、その後の計画などを話し合い、十一月一日になって東京療養所に入所する。

ともかくも手術が成功し、結核が治りさえすれば、すべては上手くいくはずだった。しかし、月日はずるずると過ぎる。容態は一進一退を繰り返す。四七年から始まった東京療養所での入院生活は実に五年半に及んだ。

澄と離婚するのは五十年十二月のことである。それまで休職中であった帯広中学（この当時は帯広高校）から俸給を受けていたが、休職期間が切れるのが迫っていた。それが切れると俸給も健康保険も無くなってしまう。もし妻に収入があると、入院費用は妻が負担しなくてはならない。便宜上二人は離婚届に判を押すことになった。しかし、これが実質上の離婚につながっていった。

『福永武彦新生日記』の「四九年日記」は、離婚に至る前の日々が綴られているのだが、離婚の危機はその時点で既にあったことがわかる。謎の人物M氏というのが出て来て、澄はその人物との再婚を考えている。福永もそれに同意しているのだが、なぜかM氏は自然に日記から消滅してしまっている。その事情は詳しくわからないが、目途の立たない不安な日々が、そういう出来事を引き寄せたのだろう。その後福永の病状が快方に向かうと「もう一度家をもちナツキを呼んで暮らさう」（三月二十一日）と澄は言う。一方、福永は、澄の愛が薄れてしまっているのを感じている。

夜、澄子来る。真善美社は社長が逃げてしまつて全然金にならず。困つた困つたといふ話。有金といつても四百円しかないのを半分やる。社会から遊離してしまつたせゐか金のないのがあまり切実に応へて来ない。しかし真善美が駄目とするとこれからの半年（四月から原稿が書けるとして）が大問題。夜の道を駅の途中まで送る。ナツキを呼べるのがまだ二年後だといつて悲しんでゐる。経済的な面だけが生活のポイントになつてゐる。愛情の再建はまるで問題外のやう。しかしたとへ観念的だと言はれやうと、それがなければ僕には幸福な家庭など考へられぬ。生活的な基礎は勿論大事だが。二人の間のギヤツプ。僕の心の中の現在の空しさ。すべてはただ生きることの義務と責任とに発してゐる。愛する者もなく愛されることもない。星夜。（三月二十八日）

「幸福な家庭」には「愛情の再建」が必要だと福永は書く。生活の基盤ばかりを語る澄と自分との間のギャップ、それを埋められない「空しさ」。あるのは「生きることの義務と責任」のみである。

さて、この文章をどう読めばいいのか？　福永が入院して既に三年目を迎えている。その間、自分の生活を切り盛りするのだけでもやっとなのに、澄は毎週末に見舞いに来ている。これは「愛」ではないのか？　少なくとも福永はそれを「愛」とは見なさない。観念や理想の世界から離れ、ひたすら現実世界を生きようとしている者は「愛」を喪った者なのだろうか？　そう思うと福永の「愛」は、やはり一人合点のもの、身勝手なものでしかなかったのではないか。

しかし、ここで注目すべきは、まだ福永の「愛」というものが消えていないことである。仮にそれが「観念的」なものであっても、まだそれを求めているのだ。

ところが、澄と離婚後に書かれた「五一～五三日記」になると福永は「観念的」な「愛」さえ求めなくなっている。「人はみな不幸にしか生きられぬ」（五二年三月二十三日）という認識。福永が「幸福」を否定するのは、もう福永の思うような「愛」が存在しないから生まれるのである。「昔は文学を、芸術を、信じてゐたが、今は明らかなクレド〔信条〕さへもない。そして昔は『愛する』ことを信じてゐたが、今はそれさへも信じられぬ。それならば何のために生きてゐるのか」（三月二日）。

澄は離婚後、夏樹のために帯広に戻ったことになっていた。しかし実際は東京に戻り、別の男性池澤喬と再婚、夏樹も東京の小学校に入れるため呼び寄せていた。しばらく音信不通となっており、事情を知らない福永が澄の妹延子から事実を知らされた衝撃を書き残している。

山下澄子。昨年夏頃（筆者注　五一年夏のこと）から上京、暮にナツキの教育のために東京の方がいいからと主張してナツキを連れに来る。延子は帯広のアナウンサーとの間に噂が大きくなり、二月頃上京、その時まで澄子が池沢喬と一緒にゐることは向ふでは誰も知らなかつた。ナツキにはこれがパパだと教へた。ナツキはそれを信じてゐるかどうか、延子には確でない。ともかく姓名を変へたのは病気のせゐであると延子が説明した。池沢喬は家庭の反対があつて、前の就職先を止めた。延子はオキナワ出身で今年大学を出た医学生とこの秋結婚する予定でゐる。ナツキは小学就学児童のメンタルテストで全エバラ区〔荏原区。現品川区〕中の一位だつた。やさしい性質らしい。山下の父は去年の夏から結核で病院に入院のまま勤めてゐるが、大したことはない。これが僕の知り得たおほよそのことである。その中に現実がある。（三月二十八日）

もう一寸のところが待てない（と延子の言ふ）澄子、その澄子の現在は幸福なのかどうか、不幸にしか生きられない女、しかし彼女は今こそ自分の意志の中で生きてゐる筈だ。彼女には待つことが出来なかつた。僕には待つ者もない。事情が分り、ナツキに会ふ希望も目下のところ全くない。知るといふことは不幸なことだ。＊日曜の澄子の手紙を読み返してみても、彼女が幸福であるとは思へない。「あなたの側にゐた時と同じやうに離れてもミゼラブル〔惨め〕でゐる」といふのは恐らく本当だらう。それは経済だけの問題ではない。彼女には幸福のレベルがあまりに高いのだ。彼女は書いてゐる。「青春はもはや私のものではありません。その耀きも愛もつひに私の中で花を咲かせませんでした。」しかし青春は僕に於ても同じやうに喪はれた。失はれたものは常に大きい。しかし失はれたものとは一体何だらう。そして「物を失ひつつ」生きて行くこの人生とは一体何だらう？（三月二十九日）

延子から聞かされた「現実」。その「現実」を突きつけられるまで福永はまだある夢想の中にいた。三月九日に「澄子とナツキとのこと」を思い、十一日には澄子の父である「山下庄之助へ手紙。失つたものはあまりに大きいか」と記す。更に二十三日には延子が留守中に現れ、澄子の手紙を残していった。その手紙で澄子が上京していることをはじめて知る。子供を学校に入れる支度が出来ないと嘆く内容に驚き、すぐさま友人の窪田啓作へ金策の速達を出している。そして、二十八日にすべてを知るのだが、それは福永が澄子の引っ越しの手伝いに行こうとするのに、延子が曖昧な態度を取り、その真意を問い質したからに他ならない。お金の工面をし、引っ越しの手伝いに行こうとするのは、もちろん夏樹のためだろう。しかし、「その中に現実がある」と書くとき、〈もう一つの現実〉〈かなえられなかった仮想としての現実〉は福永の脳裏に無かったとは言えないだろう。

澄への愛は、もう冷めていたのかもしれない。しかし、親子三人で暮らす夢はもしかしたら、持っていたのではないか。しかし、「現実」を知ってしまった以上、すべては失われてしまったという感触だけが福永に残ったのである。

そして、すべての愛の喪失が「草の花」のみならず、その後の福永作品を規定することになる。

（1）小型のノート。表紙には「ＭＥＭＯ　１９４６春」とある。上京に関するメモは四七年十月十日から始まり、十一月一日まで続く。池澤夏樹氏北海道文学館寄託文書。

4　「剛毅」とは何か

「草の花」に戻ろう。

三島由紀夫は「青春のはじめに二度の恋に破れたくらゐで、数年後の汐見の剛毅な像が形づくられる筈もなく、もしそうだとしたら、プロロオグの汐見は、とんだ喰わせ者にすぎぬ[1]」と汐見の造形を批判し、「作者はわずか数行で、戦地に行つた汐見に何か重大な転機があつたに違いないと暗示するにとどめてゐる。むしろこの間の飛躍が小説的に重要なのだ」と小説の構造に問題点を見出している。

確かにたった二度の失恋でもって「剛毅」な精神は獲得し得ないだろう。「剛毅」な精神を獲得するためにはそれなりの体験が必要である。これまで見てきた通り、福永自身は汐見の言う「眩暈のような恍惚感」をこの十年間で失い、「死んでいたも同然」の感覚を養った。

一方、汐見の体験はどうだろう。汐見は満州で兵隊をして、復員し結核になり、Bという基督教系のサナトリウムに入所、自殺未遂を図った後、洗礼を受けたが、手術の設備がないため「私」のいるサナトリウムに移って来た。その事情の深いところの説明も描写も少なく、その意味では三島の言うことはもっともである。ひとりの人物がどのような「飛躍」をし、「転換」したのかを十全に描き切れていないのは確かである。

しかし、福永はそこに興味があったのではない。書かれなかった十年にすべてのことに無関心になり、生に対してもある種の諦念のようなものを自分が身につけたこと。そこを出発点にして、失われた汐見の青春を、あるいは福永自身の青春を描こうとしたのであって、汐見の「剛毅」を描こうとしたものではない。それゆえ三島の言は小説一般に関しては有効だが、「草の花」の批評としては的外れであると言えるだろう。

ところで、汐見の「精神の剛毅」とは、これまで「冬」「春」の書き手である「私」の抱いた感想であるという側面などから様々に論じられてきた。

最近の研究から拾うと、西田一豊は「英雄の孤独」という脚色された孤独さえ失った「『「喪うべき何ものもない』という汐見の境地が『私』にとって『剛毅』として強い印象を残した」と指摘する。[2] つまり、孤独という自我さえも失った状態を「私」は「剛毅」と捉えたのではないかと言う。基本的にその考えに異論はない。あるいは小林翔子は「『私』の美化」と「自分の命に無頓着な」「汐見自身の作為」とが合わせられ「現実の汐見よりも『剛毅』な存在」になっているのだとする。[3] これについても反論はない。

要は「私」が捉えた汐見像であるがために、それを「剛毅」と呼ぼうが、「亡霊」と呼ぼうが構わないのである。仮に「剛毅」という言葉に汐見の強さを見出そうとするなら、自分の死を恐れない点にだろう。「私」を代表とする患者たちは自己の死に囚われている。一方、汐見は自らの病状には無頓着であり、最終的には自死に近い手術を受け、死んでしまう。そこに「私」は強さを感じたのである。

それはまた福永の実体験に基づいたものだ。実際に福永は自死に近い手術を間近に見て、その強烈な印象を「四九年日記」に綴っている。

＊朝、吉山さんが死んだといふ悪いニュースを聞く。昨日の肺摘手術の結果。＊夕食後山ちゃんと二寮個室に吉山さんにお線香をあげに行く。フトンの下の痩せた身体。小さなナイフがフトンの上で光つてゐる。一寮五番室に杉山さんを見舞ふ。部屋の中の絶望的な空気。個室に栄さんを見舞ふ。何故手術を思ひとまらせ得なかつたかといふ彼女の苦い反省。死者は生者の純粋な記憶と代りに生きるといふ自覚との中に生き、生者が死ぬと共に真に死ぬといふ僕の意見によつて慰める。初めはそれは詩人だからと言つてゐた栄さんも、それが長

い苦しみの後に得られた僕の意見であることを知つて分つてくれる。僕等はあまりに非力であつて、死者に対して他に何等の方法を持たないのだから。＊吉山さんは二回の成形で八本を切つたあとを肺摘手術したとか。十二時半執刀―九時半まで、十一時頃死亡。メスで胸を切開してもリンゲルが入らなかつたとのこと。執刀前血圧八十。前日が祭日で看護婦不足のため十一時頃まで大部屋にゐていらいらしてゐたとのこと。手術中に医師が止めようと言つたのに無理に続行してもらつたとのこと。某医師は個人的にこの手術に反対でさう忠告したさうだが、きかなかつたとのこと。何よりも癒るためでなく、合法的な自殺として手術を受けたらしいこと。栄さんによれば虚勢を張つてゐたのだからとめることが出来たに違ひないと。死を覚悟しそれを準備してゐた心。（四九年三月二十三日）

手術で亡くなったのは吉山さんという女性である。当時福永が頻繁に通っていた栄さんという女性の知り合いである。その手術の三日前、吉山さんは栄さんの個室にお寿司を持って来た。福永は偶々そこにいて、一緒にご相伴に預かっている。自分の手術の前にお寿司を振る舞う、その準備された「死」を福永は忘れることはなかったし、忘れることは出来なかっただろう。

福永は同じ「四九年日記」を「思ふこと、死、自殺、運命的な愛」（一月一日）と書き出す。またその翌日にも「自殺を思ふ、孤独感痛烈」と書き残している。自殺の観念に囚われていた福永にとって、「自殺として手術を受けた」吉山さんは十分に「剛毅」な存在ではなかったか。

（1）「草の花」（「群像」一九五四・七）

（2）「作為された孤独――福永武彦『草の花』論」（「千葉大学社会文化科学研究科研究プロジェクト報告書」第120集「日

本近代文学と宗教」二〇〇五）

（3）「福永武彦『草の花』論――「記憶」のなかの死者の「生命」――」（「龍谷大学大学院文学研究科紀要」二〇〇七）

5　書き手「私」の誕生――作家福永武彦の誕生

汐見はその名の通り、「死を見」る存在である。ただし、見つめているのはたった一人藤木忍の死である。その死を伝えるために汐見は二冊のノートを「私」に託した。「私」は汐見に「精神の剛毅」を見出すのだが、一貫してそう思っていたのではない。むしろ、「精神の剛毅」さは「私」が汐見に興味を抱くきっかけに過ぎない。自殺に等しい手術を受けた汐見。しかし、その過去は「一切口を緘して」おり「一切の事情が不明」であった。「君になら、分ってもらえるかもしれない」と言われたノートを「私」は汐見の死によって手にする。そして、霊安室の畳の上で「私」は読み始める。

「冬」の最後の文には「ひとり私は汐見茂思の二冊のノートに読み耽った」とあり、その後すぐに「第一の手帳」が始まるため、そこで「私」が初めてそのノートを読んだように錯覚するのだが、決してそうではない。「草の花」というテキストは「冬」から「春」への時系列が順序正しく記述されているのではない。それは「冬」の中の次の文でわかる。

　しかし、私は自分について語るためにこの稿を起こしたのではない。汐見茂思、――ただこの人物を紹介しようと思うばかりだ。（「冬」）

「この稿」とは「冬」だけを指すのではない。「冬」だけであれば、汐見の人物像を描くことは不可能である。つまり、「冬」を書いている「私」はこの小説全体を構成出来る人間でなくてはならないし、当然残された二冊のノートを既に読んでいなくてはならない。読んでいるからこそ「冬」の中で「彼もまた、私が百日紅の木や霊安室の裏門に憑かれていたように、一つの観念に憑かれていた。ただ違うのは私たちサナトリウムの患者は皆、自分の死という観念に憑かれ、彼は他人の死という観念に憑かれていたことだ。しかし私は、そのことをあまりに遅く知った」と書けるのである。

「私」は汐見から「本当の詩人」と呼ばれ「君がいつかは全力を挙げて詩作することを予定しているわけだ。現在の君は、他日の創作のために、謂わば経験の蜜を貯えているわけだ。それは君が専門家だからだ、藝術家、と言ってもいい」と規定されている。汐見からノートを受け取った「私」は汐見が実は単に「剛毅」であったのではなかったことを知らされる。「他人の死という観念に憑かれていた」ことを知るのだ。その上で、他人の死に憑かれた人物について書き留めようとする。汐見の書いていたノートを受け取って、「他日の創作」へと向かうのである。

つまり汐見は「他人の死」への執着を「私」に伝えることで、「私」に「他人の死＝汐見の死」をテーマにした小説を書かせたということになる。そのことで「私」という一人の小説家を生み出したのである。それは同時に福永武彦という作家の誕生でもあったはずである。

汐見は「私」から書いているものは何かと問われ、「まあ小説のようなものだ」と答えている。福永が幾度も書き直してきた来嶋就信への愛、しかしそれは「小説のようなもの」でしかなかった。「ひととせ」「眼の叛逆」「絶望心理」「かにかくに」そして「慰霊歌」。それを他者に手放すことで、その愛と死とをようやく「草の花」という形にすることが出来たのである。汐見が「私」に「小説のようなもの」であるノートを手渡したように、福永は自らの激情に似た青春を受け渡す。それを受け止められるのは、もう一人の自分、すべての愛を喪失した自分しかいない。

ここに、作家福永武彦が誕生する。

「草の花」は、だから、美しい宝石箱なんかではない。そこにはもだえ苦しみながら鮮血を流して死んだ一人の男の骸《むくろ》が眠っている。その棺こそ「草の花」なのである。

「夢の輪」論――「寂代」と「帯広」

1　はじめに

福永武彦の作品に「夢の輪」というのがある。一度出版されたが、豪華な装丁の限定本であり、ほとんどの人は手にしたことがない、福永の未完の長篇のひとつである。[1]「夢の輪」の舞台は「寂代」、SABISHIRO。福永が暮らした帯広、OBIHIROを改変した所謂「寂代物」であり、「心の中を流れる河」、「世界の終り」に続く決定版となるはずのものだった。発表されたのはしかし、作家の構想の三分の一に過ぎない。福永は菅野昭正との対談で「夢の輪」について次のように語っている。

小説では、「夢の輪」というのが残っている。それからエッセイでは、「私の内なる音楽」というのが残っていますから、その二つだけは手早くかたづけたいと思っています。「夢の輪」というのは第一部だけができあがって、本にしないでいるのですけれど、もう、十年もたってますから、その第二部と第三部とを書こうと思うのです。第三部は第一部の続きですからノートもあるし、だいたいの見当はついていますが、第二部というのを、別の人物の視点から、まったく別なふうに、内的独白で書こうと思っているものですから、これはノート、皆無ですね。それで、ますます、なんというかな、わがままに、かつ、勝手な小説を書きたいという気になって、こんどはそういう方向で、変なものを書くつもりなのですよ。（「小説の発想と定着」「國文學」一九七二・一）

私達が読むことができるのは全集に収められている第一部のみである。この菅野昭正との対談の中で福永が語る

「内的独白」の第二部はもちろんのこと、第三部のノートも見ることはできない。しかし、「死の島」を書き終え、もっとも高い評価を受けているころ、次にやるべき仕事としていたことは福永にとっての「夢の輪」の重要性を示している。

しかし、未完であるがゆえか、ほとんどこの作品は論じられてこなかったし、舞台となっている北海道・帯広でもこれまで看過され続けてきたのである。

（1）槐書房から一九八一年に三二〇部限定で出版された。

（2）第二部の書き出し部分が見つかった（池澤夏樹氏北海道文学館寄託文書）。

「沢村含は若々しい瞳に新鮮な感動の色を浮べながら、鉄格子の門の前に立ち止ったまま、柵に囲まれた敷地の中にある牧師館を眺めてゐた。背中のリュックサックを揺すり上げるやうにして、不意に自分の足が棒のやうになってしまったのを感じながら、それでも懐かしさうに、雪の積った屋根と、くすんだ壁をした二階建てのこの西洋館と、二階の窓の横から出てゐる煙突から夕暮の空にたなびいてゐる煙などを見詰めてゐた。しかし彼女は、今初めてこれを見た。これが間違ひなく牧師館であることは、門間といふ表札が出てゐることや、二階建てのこの西洋館の斜め後ろに木の十字架を頂いた教会が見えることで確だったが、それは今迄に彼女が写真で見て覚えてゐたからこそ、決して初めてといふ印象を受け取らなかった」二〇〇字詰め原稿用紙約二枚分。

（3）「夢の輪」を論じたものとして、小林一郎「書き直す人・福永武彦――『心の中を流れる河』と『夢の輪』」（『文藝空間』10号一九九八）や近藤圭一「『夢の輪』をめぐって――『ロマン』の系譜とその円環を越えたもの――」（『聖徳大学研究紀要』15号二〇〇四）、同「『夢の輪』と『心の中を流れる河』の間――福永武彦のキリスト教意識についての一考察――」（『聖徳大学研究紀要』16号二〇〇五）などがある。

2 「夢の輪」 福永文学での位置

福永の死後、源高根と菅野昭正の対談があった。そこでは「夢の輪」を福永の小説群の中で位置づけようとした試みとなっていた。源の「『夢の輪』を試作したことによって、『忘却の河』以後の長編小説家としての福永さんが生まれたような気がするんですが、どうでしょう」との質問に、菅野は次のように答えている。

そうだと思います。とくに「忘却の河」への橋渡し的な役割は大きそうですね。「夢の輪」で、一人物一視点一章という構成の小説を書くことでもって、それぞれの人物がめいめい自分の孤独の檻をもち、その人間たちの孤独が重なりあったり、触れ合ったり、反発しあったりする状態のなかで、人間の生きていく現実の重さや暗さが見えてくる姿が捉えられるということを再確認されたのかもしれませんね。だから、「夢の輪」はある意味では「忘却の河」の瀬ぶみになったと言えそうですね。すくなくとも結果として、「夢の輪」の場合は、戦中、戦後の厳しい時代背景のもとで、幾人かの作中人物の「孤独の檻」を対置する小説といえると思うんです。（中略）ただ「夢の輪」の方が抒情的ですが、これは作品が書かれた舞台ということもあるのでしょうね。まあ微妙な色彩の違いはもちろんあるけれど、構造・構成はよく似ていると思いますね。ですから、源説のように、「夢の輪」があったからこそ、「忘却の河」が書かれたと、確かにそう言えそうですね。（対談「福永武彦を語る」「国文学 解釈と鑑賞」一九八二・九）

確かに未完ではあるけれど、その後の長編に「夢の輪」で培った技法、手法が生きていることを指摘する。

一方、舞台になった「寂代」＝「帯広」についてはどうか。大森郁之介が指摘するのは福永の北海道体験、狭義での帯広体験が他の作中には見られない過度な登場人物を生んだという点だ。「世界の終り」での多美の精神疾患、「夢の輪」での志波英太郎の日活映画まがいの行動力に着目し、「北方的」などというレベルでは現実の福永が経験した「北海道」は語れないとしている。(1)

その「北方的」とは、源の指摘したものだ。

福永武彦氏は、昭和二十年から二十二年まで帯広に住んで、北海道の厳しい冬を身をもって体験している。そして「心の中を流れる河」や「世界の終り」や未完の長篇「夢の輪」は、たしかに北海道を舞台とした小説である。しかしこれらの小説にえがかれているのは、いかなる現実の北海道でもない。福永氏がえがいたのは、福永氏が見た実際の北海道に幻視されたところの「北の外れの雪の国」である。これらの小説の中の都会が、寂代さびしろ、彌果いやはて、と名づけられているのは、福永氏の内部の北方がいかなる風土であるかを象徴しているように、僕には思われる。

しかし結局福永武彦氏の北方的とは、北欧的な、日本海的東北的な、北海道的な感覚を含みながら、同時にこれらの地域的北方性を越えて、幻視され抽象化された観念としての北方性であり、そしてこれが福永武彦氏の風土に存在する内なるものである。（「福永武彦の風土に関する試論」「國文學」一九七二・一二）

確かにこの指摘は福永が繰り返し言う「自分は想像力の作家である」という言葉に呼応し、どこでもないどこかを描いているのだという作家の主張と一致している。しかし、帯広と北欧や日本海とを混在させ、そこから「北方性」を引き出すのは、若干乱暴ではないかと思われる。その点に大森は異論を唱えたのだ。

源は同様の主題で十年後にも福永の帯広を取り上げる。

福永のいう北方的が、単なる地域概念ではなく「人間存在に関する根本的な」風土感覚であるならば、そのような感覚は早くから彼の内部に見出されるであろう、エドヴァルト・ムンクやジャン・シベリウスのヨーロッパの北方的な風土に生まれた幻視芸術への偏愛は、若い頃にすでに福永にあったものだから。しかし、福永の北海道体験が、もともとその内部に存在していた北方感覚を研ぎ澄ましたことは疑う余地がない。（「内的風景への足跡」「国文学　解釈と鑑賞」一九八二・九）

ここでは「北方感覚を研ぎ澄ま」すものとして「北海道体験」を捉えており、その意味で福永の体験そのものの価値をより多く見出しているものと思える。

しかし、これら源の発言は生地である「福岡」における家庭状況の詳述の上での「故郷とはすなわち母の土地」「福永武彦のもつ原風景」、「母を喪った土地であると共に、最後まで海の彼方にある故郷であった」と指摘するのに比べると踏み込み方が不十分である。また、「草の花」における清瀬（東京）や伊豆の体験と作品の結びつきの指摘に比しても、北海道体験、すなわち帯広体験は、もともとあった志向を強化するだけのものとして描かれているという点で不当だと言えるだろう。

なぜなら、福永武彦の帯広は、家庭状況一点においてもその他の土地とは全く違うものとして体験されていたからである。

（1）「福永武彦の北海道像── T.F's Adventures in Wonderland ──」（「札幌大学総合論叢」9号二〇〇〇・三）

3　「夢の輪」以前　帯広での福永評価

大森以外に帯広体験について取り上げているのは神谷忠孝である。神谷は詩集「ある青春」について「福永武彦に大きな飛躍への転機」としながらも、初期の「めたもるふぉおず」を取り上げ、登場人物の立花文平を福永作品中唯一の「血の通った人間」であるとした[1]。

「めたもるふぉおず」は舞台をQ市としている。主人公の立花文平は自分の住む地方都市を嫌悪し、勤める銀行を牢屋であると思っている。下宿屋の婆さんは泥棒を平気でするし、同じ下宿の佐々木は俗物である。銀行で横領の疑いをかけられた文平は主任の「キツネ」、同僚の「イタチ」が渾名の通り変身していくさまを見る。下宿に戻った文平は唯一心を許す下宿の婆さんの遠縁の伊佐子が人間のままであったことに安堵し、眠りにつくが、目覚めると伊佐子はウサギに変身している。「貴方は人間の間にいてもしかたがない。人間はみんな野蛮で残酷で、貴方のいるところではありません」というウサギの呼ぶ声に応じ、自らも動物に変身するといった物語である。

ここでの神谷論は本格的な「ロマン」を目指す横光利一、中村真一郎、福永武彦らが「現実を凝視することを停止」、「実感」を「喪失」していることを指摘することに重きが置かれている。すなわち唯一の実感を伴った立花文平の変身によって、福永は現実生活から目を背け、「一部の現実逃避的文学愛好家の愛玩物」となったというのである。しかしこのことは神谷自身が言うように「めたもるふぉおず」を「私小説」として読むことを意味し、立花文平の見た「Q市」＝福永の見た「帯広市」という図式を作り上げてしまうことになった。単純に言うと、福永武彦は現実の「帯広」を徹底的に嫌悪し、そこは人間の住む場所ではないと言っていたということになる。

また、帯広図書館長を務め、「北海文学」で同人仲間だった小野寺俊一は福永への追悼文でこう語る。「福永さんの帯広時代は、東京の友人たちが作品を発表したりするのを、遠くの地でイライラしながら眺めていた三年間だったろう。帯広を描いた作品は、あのおびただしい作品群のなかでわずか五篇にすぎない。語ることもなかった帯広体験だったのだろうか[2]」と福永の帯広体験を意味のないものとして切り捨てる。小野寺の回想を載せた「十勝民報」（一九七四・五・二〇）は「福永武彦は帯広時代のことをあまりというより、まったく文章にしていない」とまで言い切る。

果たして、福永にとって帯広とは立花文平の見たQ市そのものなのか、また「語ることもな」い場所なのであろうか。

（1）「変身の行方——福永武彦ノート——」「市民文藝8」帯広市図書館　一九七〇

（2）北海道新聞夕刊（一九七九・八・一七）

4　福永と帯広

福永と帯広との関係は一九四四年の山下澄（筆名原條あき子）との結婚で生じた。翌年工場疎開で神戸から帯広に移っていた妻の実家を東京の戦禍を逃れて訪ねる。終戦間際の七月には長男夏樹が誕生。終戦後一時本州に戻るが四六年帯広に再び戻り、帯広中学（現帯広柏葉高校）の英語嘱託教員となる。しかし、肺結核の診断を受け、帯広療養所に入所。一方この年、帯広の文芸グループ「凍原」の同人と知り合い、四七年には「凍原」改め「北海文学」の同人として編集作業の中心を担った。しかし同年十月に手術をしなければ死ぬと言われ、手術のできる東京清瀬の療養所に転院した。

詳しくは作家の年譜を見ていただきたいが、とりあえず駆け足で福永と帯広との関わりを述べた。ここで着目すべきは、長男夏樹の誕生であろう。母を幼くして亡くし、父は福永を自立させんと寮に入れた。極めて孤独な生活を余儀なくされた福永が唯一得た家族の生活が帯広にあった。いや、帯広にしかなかったと言うべきだろう。また当時の不治の病、肺結核を得たのも帯広である。その病気が、家族を裂き、妻子を福永の前から去らせる原因となった。果たしてこれが源の言う「北方感覚を研ぎ澄ま」す程度の体験と片づけられるものだろうか。

私は北海道の帯広の療養所にもいたし、東京郊外の清瀬の療養所にも足かけ七年いて、それこそ霜焼どころか凍死しそうな目にもあったが、その頃これが癒りさえすれば小説の材料は無数にあると安んじていたのも束の間、新薬の発明とともにサナトリウム小説はあっというまに古びてしまった。そのことと私が自分の経験を書こうとしないこととは無関係だが、人には言えることと言えないことがあり、言えないことは無意識の底に沈んで徐々にその人間を、その人間の性質とか世界観とか行動力とかを、つくり変えて行くような気がする。少しだけ言えば私は私の最も苦しい時期に妻に逃げられ、サナトリウムの中で悶々として暮し、それから気を取り直してやがて退院とともに別の女性と再婚した。（「日の終りに」全集14）

ここでの「人には言えることと言えないことがあ」るという記述の意味は大きい。その後に「妻に逃げられ」とあって、妻について語っている以上それは経験上の「言えること」の範疇に入るのだろう。しかし、子供のことについては一切書かれていない。それは「言えないこと」なのだ。

福永は帯広時代に触れるエッセイを十六編書いている。そこで語られるのは「病気」「やりかけの仕事」「中学の教師」「最初の詩集」などであり、子供のことはただの一行も触れられていない。唯一「北海道に残して来た家族をどうするか」[1]と「家族」という言葉だけが記されているに過ぎず、その「家族」という表記もこのエッセイ以外には見当たらない。むしろ福永は慎重に自分の「家族」や「子供」を隠蔽しているとも思える。そのことで「言えないこと」＝「家族」・「子供」とまでは言えないのかもしれないが、福永の人生にとって極めて特異であるはずの「家庭生活」を全く述べていないという点で、逆に激烈な体験であるがゆえにかえって「無意識の底に沈」み、福永の「人間」をつくり変え、「世界観」を変えた体験だったと言えるのではないだろうか。

小野寺の言った「語ることもなかった」のは帯広のことではなく、帯広での「家族」のことであるのなら極めて妥当な指摘であった。しかし、エッセイ十六編、小説は小品三作も含め八編残されている。これは伊豆や軽井沢と比べ遜色がないばかりか、その数で圧倒している。すなわち小野寺の指摘は極めて感覚的、恣意的なものでしかない。

しかし、死の直後、新聞に「語ることもなかった帯広体験」と書かれることで北海道での福永の評価は、大森の仕事を除いてほぼ定まってしまったのではないだろうか。

（1）「厳しい冬」全集14

5 「夢の輪」「寂代」と「帯広」の風景

源は福永の立つ小説に関するスタンスを忠実になぞっている。すなわち福永が描くのはどこでもない「ｎｏｗｈ

ｅｒｅ」だということ。作者の想像力によって作られた架空の場所こそが重要であり、作品中の風景こそ歩くべきであり、現実の体験はその素材に過ぎないことを、こと帯広に関しては信じ切っている。確かにその通りかもしれない。しかし、だからといって激烈な体験をした福永の帯広を今一度たどってはいけないということではあるまい(1)。むしろ積極的に歩み、そこに福永の深化、純化された記憶以前の具体物の断片を拾う作業があってもよいはずである。本稿の目的はそこにある。

帯広での福永の足跡をたどったのは水谷昭夫である。小野寺俊一、船津忠一・和子夫妻を訪ねている。そこで得られた証言は『福永武彦巡礼　風のゆくえ』（新教出版社　一九八九）に収められている。しかしこの本は後書きにあるように「福永武彦の作品には、キリスト教的背景が絶対に在る」ことを明らかにすることが目的であり、帯広そのものを描こうとしたものではない。

私は「夢の輪」というほとんど顧みられてこなかったテキストを通し、「寂代」という架空の風景を歩み、そこで出会う登場人物たちの背後に「帯広」を感じたいと願う。そこから更に「帯広」という具体的な町にも踏み込んで行きたいと思う。

「夢の輪」は各章によって視点人物が入れ変わる小説である。序章と一章を除き、章名につけられた名前が視点人物となっている。序章は「或る愛」と名づけられ、視点人物は梶田梢である。一章は「寂代、夜」、復員服を着た謎の男が視点人物であるが、章を読み進めていくうちに志波英太郎であることがわかる仕掛けになっている。以下二章「梶田信治」、三章「梶田梢」、四章「鳥海太郎」、五章「門間良作」、六章「門間順子」、七章「梶田鶴子」、八章「鳥海太郎」、九章「沢村含」と続いていく。実に八人の視点人物が登場する小説がこの「夢の輪」なのだ。

このような視点人物を変える描き方が「忘却の河」への橋渡しになっていると指摘されているのだが、福永は「小説論のための小さな見取り図」（全集12）で多視点小説を次のように説明する。

多視点小説は人間的現実を違った角度から截断することによって日常性と意識の断層とを立体的に示し得る。しかし作者の角度が失われればそれは支離滅裂となる。

この見取図は一九五三年退院後五年経って下血し、「寝台に横になって」いるときに書かれたものだと説明されている。それゆえ多視点小説は早くから構想されていたと考えてよい。もちろん同じ文章中に「登場人物の視点は少ければ少いほど（厳密には主人公一人に限る方が）リアルに感じられる」とあり、福永は多視点小説のみを良しとしているのではない。

しかし福永はこの方法を「夢の輪」という小説で取り入れた。多視点になれば「支離滅裂」になる可能性を孕むことを承知しながらあえて踏み込んだのは「作者の角度」に自信があったからとも言える。多くの視点人物は事件を錯綜させ、時間を狂わせる。一つの出来事を複数の目が見、それぞれが内面を持ち、思考し、乖離することで収拾がつかなくなる可能性が出てくる。しかし、そこを支えるのが「作者の角度」である。

主観的に最も歪められるのは時間の扱いかたであろう。時間の表現は作者の視点でありそれは神に代るものである。任意に切り取られた如き時間もその積み重ねによって運命に変貌する。時間そのものは客観的物理的で何の意味も持たぬ。しかし人物の内面では時間はあらゆる魔法を使う。ただその魔法の仕掛が登場人物に分らないだけで、それを知るのは作者のみである。（「小説論のための小さな見取り図」）

その作者によって「任意に切り取られた」時間の中で、多視点人物たちはある現実に出会い、思い悩み、考え、魔法に掛けられたようにある運命へと向かって行く。「夢の輪」とはまさしくそういう小説として構想された。そして、それに付け加えるならば、「寂代」という架空の空間上で、となるだろう。

では、どのような話なのか。粗筋を書くのはきわめて難しい。視点人物が八人存在する以上、八人それぞれの内面の物語が存在するからである。しかし、あえて、物語の中心にいるだろう志波英太郎と沢村（梶田）梢の関係にのみ着目して、簡単に紹介したい。

東京の大学を卒業した志波英太郎はアイヌの宗教に関心を持ち寂代中学の英語教師となる。その夏、寂代で女子大生の沢村梢と出会う。それが愛なのか不確かなままに黄金海岸に小旅行をした二人は接吻する。一年で中学を辞めた志波は母校の助手となって、沢村梢と幾度か出会う。一度梢に「わたしと結婚して」と言われるが「僕が気の毒になってそんなことを言っているだけです」といなし、二人の間に大きな進展はなかった。そこに召集令状が届く。下宿に訪ねてきた梢を抱き締めて「君は僕の愛した唯ひとりの女性だ」と言ったきり、背を向け暗闇の中に消えていった。

一方、梢は志波との関係を幾度も反芻する。それが果たして愛だったのかどうか。そして、その愛が既に喪われたことを自覚することによって初めてそこに愛があったことを発見する。彼女は再び寂代に赴く。東京での徴用逃れもあったが、その記憶を、愛を確かめたいという願望があった。

沢村梢は志波の寂代中学の同僚であった梶田信治と結婚する。そのきっかけは志波の戦死の報を聞いたために他ならない。しかし、志波は死んでいなかった。復員した彼は寂代を訪ねる。かつて世話になった同僚であった信治の姉梶田鶴子に会う。そこで、梢が信治と結婚したことを知る。他の誰にも会わないつもりだったが、飲み屋でかつての教え子鳥海太郎に会い、声を掛けられてしまう。翌日太郎は信治と梢に、死んだはずの志波との出合いをそれぞれ別な場所で知らせたのだった。

これはきわめて乱暴な要約である。登場人物の半分もこの粗筋の中には出て来ないのだから。しかし、それぞれの登場人物をここで出してしまうと、それぞれが一つの現実について語り出し、まとまった物語を伝えることは不可能になるだろう。何通りもの物語がこの「夢の輪」にはあるし、それらがまた次の物語へつながっていこうとする。その一つひとつを書き留めることは、賢明ではない。むしろ、小説を読んでいただくしかないとしか言いようがない。

しかし、第一部しかないこの「夢の輪」でも「愛の不可能性」という福永の主題が貫かれていることはわかっていただけたのではないか。しかし、ここでの論点はそこにはない。あくまでも、作中の「寂代」の風景を歩くことが目的である。

「寂代」が物語の中心になるのは一章からである。序章は沢村梢の内面の物語であり、それはすなわち志波英太郎との関係の物語であるから、「寂代」が本当の舞台になるのがこの「寂代、夜」という謎の復員兵（志波）の語る章である。

さて復員兵は寂代の「原始の、野蛮な、しかしもっと北国的な、もっと暗い、寒い、凍りついた空が見たかった」だけだと言い、「此所にはもうこれ以上何

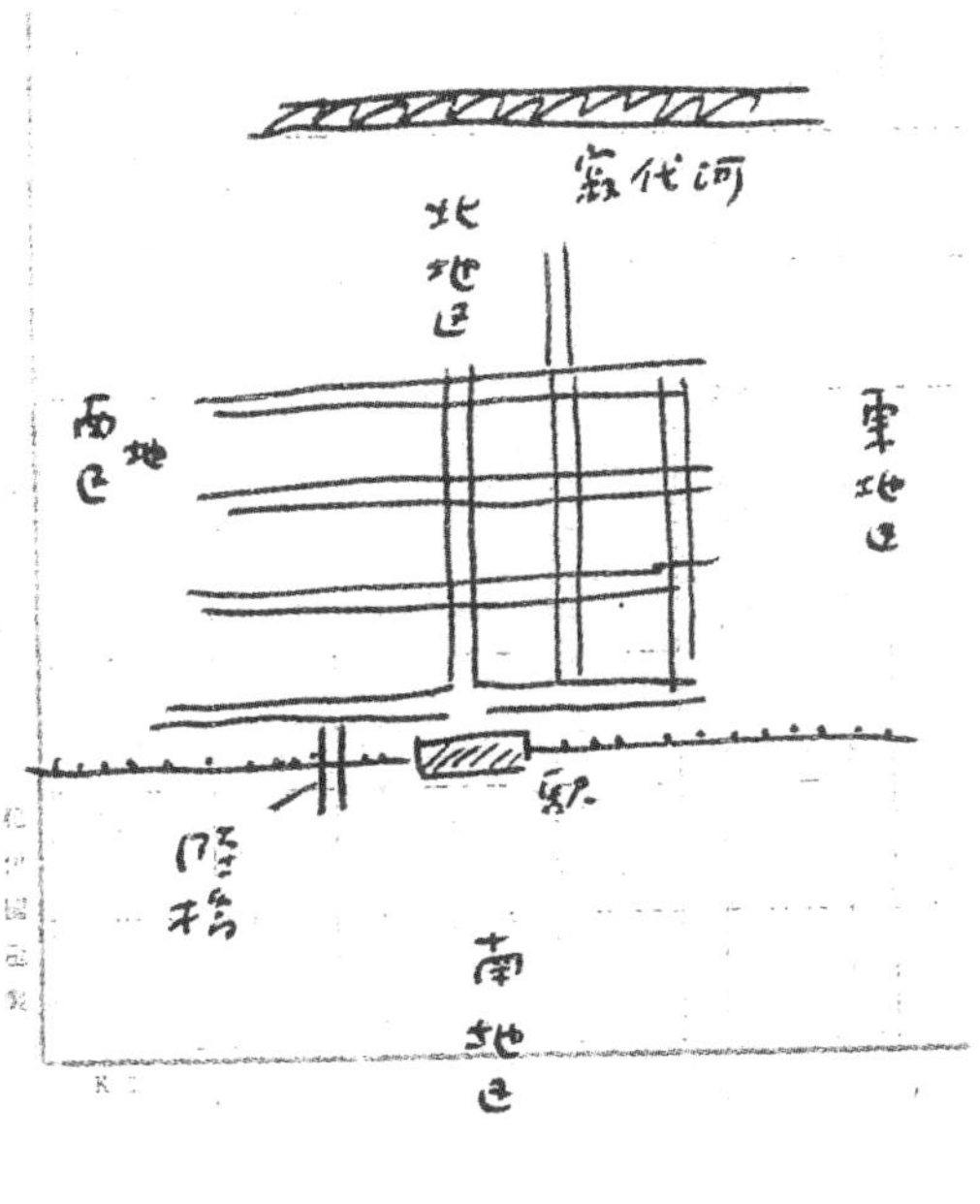

福永の書いた寂代地図（池澤夏樹氏北海道文学館寄託文書）

の用もない」と言いながら、それでも何故か歩き始める。

「その男は三町ほど駅前の大通りを行き、その十字路で右に曲った」「やがて十字路を再び左に曲った」そこには、十字架のある教会があった。そこで踵を返すが「その時彼の眼はちらっと、教会の右側に離れて立っている小さな平屋の方を見た」のである。そして逆戻りをして「その大通りを歩いて行った」。そのまま行くと線路に出るが、「途中で彼は右へ曲り」違う横通りに入って行き、立ち止まる。そこには門の側にポプラが聳えるしもた家があり、男は乏しい光に照らされている表札を読み取ってから、再び歩き出す。

さて、男が止まった場所は二つあった。一つは、門間良作の教会とその横にある牧師館であり、もう一つは梶田信治と梢の家である。何故、そこで立ち止まるのか。小説の技法としては伏線であり、その謎の復員兵が志波であることを後になってわからせるための仕掛けであるのだが、ここでは二つの場所を巡って、最後に「表札」を読み取る行為に重要な意味がある。

牧師館は梢と出会った思い出の場所であり、梶田信治の家もまた梢と明るく話をした場所である。そういう過去の思い出を反芻すると同時に「表札」を確認することで、現在の梢との距離を見据えることにこの行為の意味はある。「愛の不可能性」の主題が行為として表現されている。いや、主題に向かうのは止そう。

ではその二つの場所は寂代という町でどういう位置にあるのか。ここでは駅からの位置しかわからない。また、この二点の場所以外に描かれているのは「鳥海病院」、「多々羅薬局」、「寂代中学」、「警察署」、やくざの親分の家「本郷組」、「久富浦のアパート」、「製薬工場」、「寂代療養所」である。

梶田鶴子は弟の信治が結婚する直前に、それまで弟と一緒に住んでいた東地区のポプラのある家から、この療養所の看護婦寮の一室へと移って来た。（七章）

寂代療養所は寂代市の郊外のひどく外れのところにあった（七章）

梶田信治は、牧師館からさして遠くない屋敷町の一角に、姉の鶴子との二人暮しで住んでいた。（序章）

彼は梶田梢が牧師館へ行くことを知っていた（中略）彼女が行った筈の方向に向けて歩き出した（中略）鳥海病院は今彼の歩いているのとは反対の方向にあったから、いい加減で廻れ右をするか、でなければ大通りを左折するか右折するかして、一ブロックか二ブロックほど廻り道すればいい（中略）鳥海太郎は大通りを左に曲った（中略）彼は決心し、製薬工場のある北地区の方へ足を進めた。（四章）

二人は連れ立って大通りを南に戻りだした。工場は北地区だったし、多々羅薬局は停車場通りの繁華街にあった（四章）

彼は停車場の方に向けて歩き、広場の前で横に折れて、やがて線路の上にかかった架橋の階段を昇った。その架橋は幾本もの線路の上に跨がっていたから、距離は長く、その上を横なぐりにうそ寒い風が吹きさらしていた。低い鉄の手摺に凭れて、彼は暫く息を吐いていた。この架橋を渡って南地区へ帰る人たちが、黙々と彼の傍らを通り過ぎた。（五章）

線路の南側に拡がるこの地区は、広い道幅ばかりが目立っていて人家は疎にしかなかった。（五章）

以上を整理すると東地区は屋敷町で、そこに牧師館も梶田信治の家もある。鳥海病院は牧師館の西側にある。停車場通りは繁華街で多々羅薬局がある。製薬工場は北地区にある。また、南地区は駅の裏手にあり、人家が疎らである。そこに本郷組がある。郊外には寂代療養所がある。警察署は牧師館と停車場の間の大通りにある。寂代中学はどこかわかりにくいが、梶田信治が大通りを通って、鳥海病院に向かっているから、若干北に位置するものと思われる。久富浦のアパートは「北地区にある」（五章）。

架空の町にしては帯広との配置が酷似している。駅を基点にしての南北の関係。東地区が「屋敷町」であるとの認識は帯広のそれと同じである。しかし東、北、南と各地区について言及されているのに対し、西についでは書かれていない。寂代療養所は単に郊外とあるが、それを残された西地区の郊外に布置すると、寂代は帯広を忠実になぞった架空の町と言えるだろう。

また、北海道の中での布置も一致する。寂代という町は二章の寂代中学の校長の言を借りれば「人口三万人」で、「最高学府は中学と農学校と女学校の三つにすぎない」北海道の地方都市である。寂代駅からは支線が伸び、太平洋の小さな町にまでつながっているとある。確かに当時の帯広の人口は約三万人だったし、帯広中学、帯広高等女学校、十勝農業学校があり、太平洋に面した広尾につながる広尾線が帯広から伸びていた。

（1）　源高根は「福永武彦文学紀行」（『現代日本の文学41　中村真一郎・福永武彦集』学研　一九七一）の中で九州福岡・伊豆戸田を実際に歩み、福永の足跡を追っている。

6　「夢の輪」登場人物と「帯広」の人々

「寂代」と「帯広」、地理的共通性は今見てきた通りである。では、「夢の輪」の登場人物はどうであろうか。既に「心の中を流れる河」、「世界の終り」と「寂代物」を書き継いでいた福永であるが、「夢の輪」は基本的に「心の中を流れる河」をベースにした小説である。

「心の中を流れる河」の登場人物、梶田梢、梶田信治、門間良作、門間順子、鳥海太郎、多々羅百代は「夢の輪」でも同名で登場する。「夢の輪」ではそれに志波英太郎、梶田鶴子、沢村舎という新たな視点人物に加え、更に久富浦、去来正夫という謎の人物も登場させている。

帯広中学の教師となった福永は帯広で聖公会の副牧師館に住んでいた。そこで触れ合った人物として木末登牧師一家、船津忠一・和枝夫妻がいる。この出会いが「寂代物」の基本的な人物像を造型した。

船津は毎晩、ほとんど一日の間もおかず、副牧師館の武彦をたずねて談笑する。一年に四百回行ったと、船津は回想するが、一日に二度、三度ということがしばしばあった。船津は武彦の純粋な文芸への情熱を心から尊敬していたし、武彦は船津の、繊細な心をその豪放な性格にくるみこんだような人間を愛していた。（『福永武彦巡礼』）

船津は副牧師館と通りを挟んだ向かい側にあった野口病院の勤務医であった。鹿児島出身、七高を経て長崎大医学部を出た。後開業して船津内科院長となる。一方、和枝夫人は熱心な聖公会の信者である。和枝夫人の話によると九州出身の福永と船津は、牧師館の木末登牧師を二人して訪ね、話し込むことが多かったという。

木末牧師は道北剣淵の屯田兵の家に生まれた。札幌師範学校卒業後、小学校教員となるが、信仰に目覚め、九州福岡神学校に学び、当地ではハンセン病患者に手を差し伸べる活動をしている。帯広聖公会には一九三六年に着任している。

教会は東一条南九丁目にあり、かなり広い敷地の中に聖堂と牧師館と副牧師館をもつ、大きな教会であった。武彦はこのなかの副牧師館にいたわけだが、山下肇(1)の紹介でここに住居を得た彼は、単に住むところがきまったという以上に嬉しい、と語った。

聖公会は亡き母の信じた教会で、その同じ教会の内に住み込むなどということは、亡き母の導きだと言外に言ったのである。（『福永武彦巡礼』）

これも知られることだが、福永の母は聖公会の伝道師をしていた。ほんの一町ほどの空間に、九州に関わり、聖公会に関わっている者がそこに集まっていたのである。「心の中を流れる河」、「夢の輪」での寂代教会の牧師門間良作、鳥海病院の跡継ぎで医学生の鳥海太郎。「世界の終り」での弥果の若い医者沢村駿太郎。牧師と医者、「寂代物」で中心になる人物像がこの帯広での偶然の出会いによって造型されていったのは間違いない。もちろんそのことでモデル小説だと言うのではない。しかし、一番身近にいた人物たちが登場人物に影を落としていることまで否定できない。そして「夢の輪」では、福永自身の体験である帯広中学の教師たちが加わる。梶田信治、志波英太郎と寂代中学英語教師を登場させ、職業に関する登場人物の基本構造は出来上がる。

しかし、福永にとってそういう生活の場面としてだけ帯広はあったわけではない。東京の中村真一郎、加藤周一たちとのマチネ・ポエティックのつながりの他に、帯広でも文化に深く関わっていたことを見落としてはならない。所謂「凍原」グループとの関わりを無視することはできないだろう。

「心の中を流れる河」「世界の終り」ではそういった文学に関わる人物の姿は全く見えない。しかし「夢の輪」では志波英太郎、鳥海太郎、去来正夫がその影を負っている。

鳥海太郎は、「この人は志波英太郎という詩人なのだ。寂代中学の英語の先生として僕は知っているが、東京の詩の雑誌に、それはいい詩を書いて、僕たちは毎月本屋にその雑誌が来るのを待ち兼ねていたものだ」と語る。ここの「志波」の部分を「福永」に取り替えても、何の違和感もない。更に「僕はこの去来と一緒に、寂代で出版を始めようかと思っているんです。文化を高めるからにはまず出版ですからね。先生の詩集なんて、本当に出したいなあ」と鳥海太郎に言わせている。

福永の第一詩集『ある青春』は帯広で出版された。出版したのは北海文学社。発行人は藤本善雄、後の藤丸デパート第三代社長である。帯広中学卒業後、早大に学ぶが、肋膜を患い休学。療養後、新潟で兵役につく。戦後川西の藤農場で新しい畜産を目指していたが、福永と出会ったのはその当時で、藤丸四階に「凍原」編集部を置き、文化活動にも精力的に取り組んでいた。「凍原」を改題し「北海文学」を福永らと創刊、福永の詩集を出版したものの、早稲田の文学部に復学した。

鳥海太郎の影には船津のみならず藤本もいる。

また、福永に帯広中学の職を世話した伊藤太郎も鳥海太郎に通じている。後、父親経作が土台を築いたホシ伊藤の社長となった人物である。帯中を卒業後、一高に。一九四七年には東大医学部薬学科に進んだ。一高時代に肺結核に罹って郷里に戻り、帯広療養所で福永と出会った。「北海文学」では第一号に書評「リルケの神について」を執筆している。「太郎」という名前の一致も含め、医薬品を扱う親を持つという点で鳥海太郎を連想させる人物である。

すなわち、「夢の輪」で狂言回しの役割を担っている鳥海太郎は、船津忠一、藤本善雄、伊藤太郎の三氏が混じり合って造型された人物なのである。

そしてもう一人。「夢の輪」には去来正夫という人物が登場する。

彼は東京の私大の文学部に籍を置く。鳥海太郎と東京のアパートで同室だったが、病得て、寂代に戻っていた太郎を訪ねて来る。太郎は去来に多々羅薬局の製薬工場の寮を紹介し、そこに住み着くが、ふいにどこかに消えてしまう謎の人物として造型されている。

鳥海太郎との会話。

「一体こんなつまらんところのどこが気に入ったんだ?」と太郎は訊いた。

「つまらなくはないさ。君は視野が狭い。寂代は一種のモデルケースだよ。僕にはこんな面白い町はないと思うよ。」

「何のモデルケースなんだい?」

「文化さ。ここは文化の処女地なんだ。色んな点で未知数だ。ここではまだ手垢がついていないから、どんなことでも可能だと思うんだ。本屋もなければ、映画館もない、市民ホールも図書館も、全く寂代には何もないからな。」

「あるのは病院と薬局だけさ。」

あるいは、志波が飲み屋で見た二人に対して「夢の輪」の地の文は「若い二人は、だいぶ酔ってはいたが、善意と理想とに輝くようなきらきらした眼をしていた」と綴る。
ここに福永が帯広で付き合った「凍原」＝「北海文学」同人たちの影が見えないだろうか。たとえば小野寺俊一の場合はどうだろう。岩手出身の小野寺は妻子が疎開していた帯広に戦後引き揚げてきた。そして、「凍原」グループの中心となり、文化の企業化を目指した。後、市役所に入り、市民劇場の創設、「市民文藝」の創刊、公民館運動に力を注いでいった。

私は昭和二十一年四月に毎日新聞社を正式にやめた。音信不通、生死不明の特攻隊生き残りとして復員してきたのは昭和二十年九月だった。（中略）（筆者注　新聞社に赴任を命ぜられ）私は青森に一週間いた。その間中、寝てもさめても「凍原」のことを考えていた。敗戦直後の北海道の十勝川流域で、二十歳そこそこの若者が「凍原社」を起し、文芸雑誌を発行することで敗戦から出発しようとしていることに、私は感動していた。その若者たちの活動に私も参加し協力し、同人のひとりとして思考し行動することに大きな意味を探しだしていた。（中略）私は一週間してまた帯広へ帰ってきた。（中略）（筆者注　青森に行こうとする私に）同人たちは「どうしても行くのか」といった。そのひと言で、私は新聞社をやめる決心をしたのである。（中略）雑誌の発行は戦前の方法ではだめだとおもった。新しいパターンを求めたかった。それは芸術の企業化ということであった。それがデパートに事務所を設けることであり、おびただしい事業を手がけることでもあった。文学的なセンスもさることながら、むしろ企業的センスにもとづいた経営感覚が大いに必要だとおもった。（「十勝と文学福永さんのこと『北海文学』とその周辺」「十勝民報」一九七四・七・三〇）

福永は「夢の輪」の中で「寂代」の文化の高揚のため理想に燃える若者を描出していた。去来正夫である。彼は

「北海道の未来は、内地の桎梏を逃れて、北海道共和国として独立することにあるのだ」と血気盛んに語る。ここにも、戦後、理想に燃える帯広の若者の声を聞くことはできないか。新聞記者という職を捨て同人誌活動に入る荒唐とも思える小野寺の理想主義がここに垣間見えないか。

もちろん、それは淡い影に過ぎないだろう。確かに福永のエッセイで具体的に名前が出ているのは先述の藤本善雄と東大国文科出身で川西で農業疎開をしていた鷹津義彦[2]のみである。しかし、帯広で出会った人々は「夢の輪」の登場人物のしっかりした骨格をつくり、「寂代」という架空の町で、自在に動き回っている。

「夢の輪」では「寂代物」前二作に無かった「寂代中学英語教師」、文化の理想に燃える「去来正夫」の登場、更に「寂代療養所」の事務員「梶田鶴子」が加わった。そのことによって、福永の体験した「帯広」のほぼ全体像を「寂代」という架空の空間は受け継いだことになる。

（1）山下肇は当時航空将校として帯広にいた。福永の大学の先輩であり、後、カフカの翻訳等、母校東大でドイツ文学を教えた。雑誌「北海文学」2に「浪漫主義展望」を執筆した。

（2）鷹津義彦についてはエッセイ「晴耕雨読」全集14に、藤本善雄については同「本」全集15に名前が上がっている。

7　「夢の輪」象徴としての「大通り」

ここまで土地と人物の類縁性を見てきた。しかし「夢の輪」で私にはもう一つ気になることがある。「大通り」という言葉の多用だ。「大通り」は、一章で十三回、以下二章は三、三章は五、四章は七、五章は三、八章は四回と繰り返し出て来るのだ。家から出ない門間順子の六章、寂代の郊外にいる梶田鶴子の七章、東京から寂代に向かう途中の沢村含の九章では現れないものの、都合二十五回もの数は、やはり多い。特に一章での十三回は異様にも思える。それは「寂代、夜」という副題と関わり、謎の復員兵（志波英太郎）の内面と結びつき、象徴性を帯びた通路となっているからだろう。

駅前の広場に、復員服を着た一人の男が立っていた。

駅前の広場から、大通りが真直に夜の中に溶け込んでいた。

その男はいま駅前広場に立って、停車場の建物から洩れて来る明りを背中に受けたまま、大通りと、その大通りの果てにある重たい夜を眺めていた。

この幅の広い大通りは三四町も行くうちに完全な暗黒のうちに呑まれてしまった。

大時計を見たのはほんの二三回で、あとはじっと夜の空と、暗闇の中に吸い込まれている大通りとを見ていた。

その男は急ぎ足に駅前広場まで来ると、そこで立ち止って大通りの方を振り返った。雪が降り出していた。寂代の長い長い冬の最初の夜をしるしづける、静かな、冷たい雪が、しんしんと降り始めていた。夜の空は今や不透明な、白濁した闇となり、大通りの店々の燈火も消え、広い道が真直に、道路の表を薄すらと白く染めて、狭い視野の中で夜の中に吸い込まれていた。

大通りはもちろん通路であるとともに、この復員兵にとっては「夜」へ「闇」へつながる通路でもある。一方で何度も何度も繰り返し見ているのは何故か。その暗黒の中に何かしら彼を惹きつけるものがあるからではないのか。単に自己の内面にある暗黒を確かめるためだけに「暗闇に吸い込まれている大通り」を見ているのだろうか。そうではないのではないか。彼は自問自答する。「希望の無い者がどうしてこんな遠くまで来たのだ?」という問に、「何の目的もない」と答える。しかし、その問答の後で彼は「大通り」を歩いていく。教会に行き、梶田信治と梢の家に行く。そして「表札だけが門灯の乏しい光に照らされて僅かに読み取れた」とあって、「その門を見ていた」のだ。

そのことをどう読むか?

それは暗黒意識の単なる確認なのだろうか。この男にとっては確かにその通りなのかもしれない。しかし、大通りを歩き、小路に入り一軒の飲み屋で鳥海太郎と出会うことで物語はこの男の内面だけの暗黒に止まることを許さない。むしろ、その暗黒がほころび、それが登場人物に伝播し、それぞれの暗闇に目を向かせることになる。

梶田信治は「こうやって大通りを歩いている僕に、何の故障があるものか。大丈夫だ、僕は健康だ」と結核の恐怖に怯えながら歩く。

梶田梢は「雪は大通りではもう溶けていた。赤茶けた汚点のような太陽が、鉛色の雲の間からにぶい光を放っていた。そして道を歩きながら、梢の気持は少しずつまた沈み始めた。夫婦だというのはどういうことなのだろう」と歩きながら、自分の中に確実に存在する志波英太郎との思い出の中で、夫婦の危機を感じ取っている。

門間良作は「すべて色情を懐きて女を見るものは、既に心のうち姦淫したるなり」と自問しながら「既に電灯の灯のちらちらと見える大通りを、牧師は早い足取りで警察署の建物のある方へと歩いて」行くのだ。福永は、徹底して「大通り」を「寂代」に生きる者の暗闇につながる象徴的通路として描いた。では、一方の「帯広」の「大通り」とは何か。

現在ある「大通り」も南北につなぐ通路として存在する。それは固有名として他の通りと区別されている。「帯広」という町において、「大通り」は如何なる意味をもつのか。それは単に通路としてあるのではないという意味において、「夢の輪」の「大通り」と同様の象徴性を持つ。

晩成社が開拓したといわれる帯広であるが、郷土史家の中には、むしろ集治監の移転こそが町づくりの始まりであったと指摘することも多い(1)。帯広の「大通り」が別名「監獄通り」と呼ばれていたのは、移送された囚人たちが自ら収監される監獄への通路をつくったからに他ならない。そしてその「大通り」に「監獄商人」が集まり商売を始める。医師が開業する。銀行が建てられる。

「帯広」が背景に農業地域を抱える商業都市として繁栄するきっかけが「大通り」であった。そして、また他の北海道の内陸の都市という都市がほとんどそうであったように、初めは図面上に計画された、あるいは空想されたのが「帯広」であった。

図面で引かれた直線が「大通り」であり、それを具体化したのが鎖でつながれた囚人たちであった。図面上で計画された都市は幸運にも、その通りの発展を遂げた。いずれにせよ、空想された架空の都市が「帯広」であった。

一方福永は架空の都市として「寂代」という町をつくった。

一九五六年に、「心の中を流れる河」という中篇の中に、北海道の奥地に寂代という町を設定し、それより更に奥地に、弥果という町をもつくった。私はこの舞台が気に入ったので、その三年後に「世界の終り」という中篇でも同じ舞台を用いた。しかし登場人物の方はまるで別である。(この「世界の終り」が、もしかしたら私の小説の中で一番フォークナー的であるかもしれない。)その二年後に私は「夢の輪」という長篇を雑誌に連載し、「心の中を流れる河」と同じ舞台に同じ人物たちを登場させて、別の小説を書こうとした。もしもその小説が完結していたら、私は私の寂代物をもっと書いたかもしれない。私はしばしば「ヨクナパトーファ」を羨望し、寂代や弥果に私の人物たちがさ迷う場面を空想するが、それに作品としての形を与えることは未だ出来ないでいる。恐らくフォークナーが、そのモデルである土地を、そこに生まれ住んだことで熟知していたのに対して、私は北海道にわずか足掛け三年しかいたことがなく、土地はただ浪漫的な印象を与えたにとどまる、という相違があったためであろう。しかしまた私は、フォークナーの作品によって、作品はその一つ一つに於てそれぞれの架空の町を持ち、その町が実在するのは登場人物の眼が確かにそれを見たために他ならないということを、教えられたようである。(「フォークナーと私」全集18)

この文章の初出は一九七九年二月である。同年八月に福永はこの世を去る。死の半年前、福永は「寂代」を思っていた。それは福永にとって「寂代」の占める位置の大きさ示すのではないか。同時に「夢の輪」は死の直前においても、どうしても書きたかった小説だったのである。「足掛け三年」の北海道体験とフォークナーが熟知した「ヨクナパトーファ」とを比較するのは何故か。単純に「寂代物」への愛着の深さと読み取ってはいけないだろうか。

北海道開拓の必要性から空想された都市「帯広」は「大通り」の開通によって現実性を帯びて行った。一方足掛け三年の体験から、福永は「大通り」を基本的な通路とする「寂代」という町をつくり、そこに小説的現実を定着させようとした。架空から現実へ、次元を異にするものの、二つの町は「大通り」という通路によって結ばれていたのだ。

（1）帯広の大通りについては『帯広市史（平成十五年編）』を参照した。

8　「寂代」と「帯広」

作家が人物造型をするのに、現実に出会った人物をヒントにするのは当然のことであるし、殊更取り立てるべきことではないかもしれない。しかし、そのヒントを与えた人物がいることすら話題にならないとすれば話は違う。一人の作家が死の直前までこだわり続けた町「寂代」。それは帯広という現実の体験がなければ生まれることはなかった。未完のまま放置されてしまった「夢の輪」というテキストは、「愛の不可能性」という福永の主題が求められたものかもしれない。しかし、そこには福永の見た帯広が活写されている。その事実は疑いようがない。

戦死の報が流されていた志波英太郎は復員服を着たまま、「寂代」の町に現れた。帯広について「語ることはなかった」と福永の追悼文を書いた小野寺も復員服を着て、生死不明の特攻帰りとして、この「帯広」に現れた。そこに皮肉な一致がある。

語るべき帯広は死の直前まで福永の心の中に残っていたのである。(1)

（1）福永は一九六〇年の文藝手帳のメモ欄にこう記している。九月二十五日付けで「夢の輪」の構想を書き、末尾に「自分が出来なかった vie を revivre することが roman の一つの目的ではあるまいか」と記している。つまり、「夢の輪」という作品を書き上げることで、喪われた人生を生き直そうとしたのである。

※帯広に関しては『帯広市史』の他に『十勝年鑑』『帯広聖公会創立100年記念　小さき群』『藤丸創業百年史』などを参照した。また船津忠一夫人和枝さんにお話を伺った。

封印と暗号——最後の小説「海からの声」へ

1

封印された解説　「風花」

「風花」は福永の作品群の中で、殊に異色なものである。「私小説」を否定する立場を常に取っていた福永にとって、現実の時間、人間関係とあまりに濃く繋がっている作品だからである。前妻との関係、子どもとの関係、父親との関係、どれをとっても、現実の作者の年譜的事実と寸分違わない「私小説」、それが「風花」なのである。ところで、福永は必ずと言ってよいほど自作に解説を加える作家である。当然「風花」にもしかるべき解説が与えられてよいはずなのだが、なぜかそれが全く見当たらないのである。

『福永武彦全集』は、生前に刊行された『福永武彦全小説』を下敷きに、福永の死後刊行されたものであるが、著者の手になる「序」はそのまま再利用されている。「風花」はその『全集』第六巻に収められている。この巻には全十編の短編小説が収められているのだが、「序」には、そのうち九編について解説があるのだが、ただ一つ「風花」にだけはなぜか触れられていないのである。

また、その「風花」を収めた短篇集『廃市』の後記でも、やはり説明はない。かわりに、私小説世界の否定に言葉は費やされている。

総題に『廢市』という耳馴れない題名を採用したのは出版社の希望によるものだが、この造語は恐らくダヌンツィオの作品 La Città morta を森鷗外あたりが訳したのが初めなのだろうと思う。まだその出典を見出していない。僕は北原白秋の「おもひで」序文からこの言葉を借りて来たが、白秋がその郷里柳河を廢市と呼んだのに対して、僕の作品の舞台はまったく架空の場所である。そこのところが、同じロマネスクな発想でも白秋

と僕とではまるで違うから、どうかnowhereとして読んでいただきたい。（「廢市」初版後記　全集6）

自らの小説の信条が「nowhere」を描くことならば、その対極にあるのが「風花」である。もしかすると、自らの小説信条を裏切った作として、福永は解説を避けたのだろうか。

一方、福永は、小説を書く動機を「内部的衝迫」(1)という言葉で表現している。それがあってこそ、作品は描かれるのであるとすれば、「風花」もまたその「内部的衝迫」から自由ではない。

その「衝迫」とは何か？　そして、「風花」は書かれながらも、なぜ解説だけは放棄されてしまったのか？

また、「風花」は、北海道体験に源を発する緒作品群とは一線を画している。「めたもるふぉおず」のQ市、「心の中を流れる河」、「世界の終り」の寂代という陰鬱な舞台に対して、その後に書かれた「風花」だけが、子どもと一緒に過ごした幸福な場所として北海道を描いているのだ。

そしてまた、「風花」と同年に書き始められた「夢の輪」も、その原型である「心の中を流れる河」の暗い陰鬱さを抱えながら、それだけではない広がりのある空間として立ち現れている。つまり、「風花」を基点に福永の帯広・北海道体験が色合いを変えているように見えるのだ。

では、「風花」を書かせた福永の内部の「衝迫」とは何であったのか？　そして、解説はなぜ放棄されたのだろうか？

その疑問を解く鍵は、福永の外部にある。それが私の用意した答えである。

短絡に過ぎるかもしれないが、「風花」が私小説の衣をまとった作品ならば、作家の私的な問題に踏み込むことも許されるだろう。

福永の体験した帯広は、寒く暗く陰鬱であると同時に、「風花」に描かれている通り、唯一「家族」というものを体験した場所である。ならば、その失われてしまった「家族」という外部が、作家に働きかけを行えば、それが一つの「内部的衝迫」足りうるのではないか。

実父の存在を知らされたのは高1の秋。母が詩のグループをやっていたのも知ってたし、そこに福永って人がいたのも知ってたし、自分が6歳まで福永って名字だったのも覚えていたんだけど、うかつなことにその時までそれがつながらなかった。結局会いに行ったのは半年後[2]。たまに会ってしゃべる伯父みたいな感じで、踏み込んだ話はしなかった。(「作家・池澤夏樹のできるまで」「ダ・ヴィンチ」二〇〇〇・一〇)

福永のただ一人の子ども池澤夏樹の発言である。

池澤が生まれたのが敗戦の年の夏。

「風花」が発表されたのは一九六〇年二月。「夢の輪」は同年十月から翌年の十二月。そしてその序章となる「或る愛」は六三年の五月である。

十五歳の池澤が高校に入学したのが六一年。「風花」が発表され、同小説が収められた『廃市』刊行のまさにその翌年である。その年に初めて父子は出会う。

別れた夫婦の間にどんな約束があったかわからないが、「高校生になれば、本当のことを教えよう」と決めていたと考えても、さほど荒唐ではなかろう。その約束を果たすために、あらかじめ元夫婦間で話し合いがもたれたろうし、その後の二人(実父と息子)の付き合いを思えば、むしろ、そうしなければならなかったはずである[3]。

外部からの働きかけとは、このことである。

北海道のその町では、彼の子供が妻の両親の手で育てられている筈だった。その子がどのように成長しているのか、彼にはもう想像することも出来ない。快活な、やさしい男の子だった。人は自分の運命を諦めた時に、無限の可能性を子供の上に托して、わずかに現在を忘れ去るものだろうか。その子がどう育つか誰も知らないのに、自分の運命が裏返しになって、その子だけはもっと明るい幸福な人生を送る筈だと、人は信じるのだろうか。（「風花」）

ここに描かれているのは、これから、出会う子どもへのメッセージとも読める。「幸福」を願いながら、別れてしまった子どもへ、自分の気持ちを素直に表白したのではないか。だとすれば、先の二つの疑問、福永の「内部的衝迫」と、なぜ解説から抹殺されたのかの理由は明らかになる。実在する子どもにどうしても伝えたい、書かなければならないという「内部的衝迫」を持ちつつ、福永の志向する小説世界とは、あまりにかけ離れているために自作の解説を放棄した、その類推に大きな誤りはあるだろうか。

いずれにせよ、「風花」は「Q市」、「寂代」という陰鬱な空間を変容させるきっかけとなった。そして、その変化は長篇「夢の輪」に受け継がれて行く。

（1）「わが小説」（全集6）
（2）正しくは一年後。福永の手帳「文藝手帳一九六二」の十月一日と二日の項に再会したことが記載されている。
（3）後日、池澤夏樹氏に尋ねたところ高校入学を機に父親の存在を明かすことになっていたとのことである。

2　フフンポ「夢の輪」

福永とアイヌの関係について話題になったことは、これまでなかった。しかし、「夢の輪」の中には頻繁にアイヌが登場する。主人公の一人、志波英太郎がアイヌの宗教に興味があって、寂代を訪れたという設定のため当然と思われ、看過されてきたのかもしれない。むしろ、「夢の輪」自体が見過ごされてきた作品であるため考察の対象にすらならなかったと考える方が妥当かもしれない。

「アイヌ」は「夢の輪」と同じ素材を持つ「心の中を流れる河」で二箇所出てくる。

町としての歴史があるわけでもない、文化史的な建物とか遺跡とか公園とかがあるわけではない。せいぜいアイヌ部落ぐらいのものだ。要するに金儲けに来た人間たちが、便宜上の町をつくっているだけです。こんなところで一生を送るかと思うと、僕はやりきれないな。（「心の中を流れる河」）

二人の前を、欄干の下遙かなところに、寂代河が流れていた。この大きな河。むかしまだここに町などというものが出来ず、アイヌが我物顔に鮭を取りに来た頃でも、そしてもっと昔、原始林がすくすくと茂り、熊がここに水を飲みに来た頃でも、音高く流れていた河だ。（「心の中を流れる河」）

前者は寂代の文化の遅れを浮き彫りにするために、アイヌ部落を引き合いに出したものであるし、後者も、牧歌的、原始的なものに直結するイメージとしてアイヌを取り上げているに過ぎない。また、帯広を舞台にした「めたもるふぉおず」や「世界の終り」に至っては全く出て来ない。興味が無かったと言えば、それまでだが、福永が入院した帯広療養所は帯広から国道三八号線を西に向かう場所にあり、その途上にはアイヌコタンがあった。福永は日常的にコタンを目にしていたはずである。しかし、福永は一般的な興味から一歩踏み出す必要を感じなかったのだろう。固有の文化を持った存在としての本格的なアイヌの登場は「風花」を経由した「夢の輪」を待たなければならない。

では、なぜ福永が、アイヌ文化という新たな視点を取り込んだのか。そこに重点を置いて、考えたい。

ところで、「夢の輪」のアイヌの記述は実は現存する十章のうち序章に偏っている。

序章は、主人公の梶田梢の視点で描かれる回想であり、もう一人の主人公、志波英太郎との出会いと別れを綴り、その後の展開を決定する役割を担っている。

なぜ、寂代という町にいて、二人は出会ってしまうのか、その説明には、それぞれのプロフィールが必要であり、志波がアイヌの宗教を実地に体験するために寂代に来ていることが語られているため、ここに偏るのも当然だとも思えるが、理由はそれだけではない。

志波は、まず自分がアイヌの宗教に興味があり寂代に来たことを初対面の梢に語る。一方、梢が熊を殺してお祭をすることの残酷さを言い立てると、彼は「アイヌの宗教は実に平和そのものだ」と返し、カムイイオマンテ（熊祭）、キムンカムイ（熊）、カムイチェプ（鮭）と梢に順に説明をしていく。そして、その後ささやかなやり取りを交わす。

「ついでに教えてあげれば、狼はオーセカムイ、オーオーと吠える神です。梟はフフンポカムイで、これはフフンポ、フフンポと鳴く神様という意味です。」

「フフンポ、フフンポ、」と彼女は口真似をして、また若々しい声で笑った。

「君は笑うと可愛いですね。」

恐らくその時の印象が、本来はもっと親密なものとして残る筈だったのに、梢にとって、つい気を許しているうちにしてやられたという凝りのようなものになってしまったのは、志波英太郎のその本心を吐露した別れ際の言葉が彼女の弱点を衝いていたせいだった。彼女は人から子供扱いされるのが嫌いだったし、可愛いというのはつまり子供扱いに他ならなかった。（「夢の輪」序章）

これだけなら、小馬鹿にされて反発する未熟なお嬢さんの挿話で終わっただろう。しかし、この「フフンポ」はもう一度、重要な場面で現れる。志波との別れの日、出征間際の志波の下宿に梢が訪れた時、近くの神宮外苑から梟の声が響く。

あたりは静かで、外苑の森で時々梟が啼いていた。梟は「フフンポ、フフンポ」と啼いた。あたしは愛している、志波さんを愛している、と彼女は考えた。どうしてあたしは、こんなに遅くなってそれに気がついたのだろう。なぜあたしは馬鹿だったのだろう。なぜ今までの一年以上の時間を無駄に過してしまったのだろう。もし戦争がなく、志波さんが召集されることがなければ、あたしたちは幸福な結婚をすることも出来るのに。なぜだろう。そして梟だけが、寂しい声で「フフンポ、フフンポ」と答えた。（「夢の輪」序章）

「フフンポ」は二度繰り返されることで、別の役割を担わされることになる。
二回目の「フフンポ」は、読者を一回目の「フフンポ」に戻るように誘導する。そして、一回目の「フフンポ」

が、梢の中に深い凝りとなって残っていたことを確認する。それは梢にとって愛なのか否か、反発と肯定の入り交じった感覚として内部に留まっていたことを知ることになるのだ。つまり、二回目の「フフンポ」における明白な愛の自覚が語られることで、読者は一回目に遡り、その場面こそが梢の愛の芽生えの瞬間だったことを理解することになるのだ。同時にアイヌ語の「フフンポ」という鳴き声は、二人にしか理解できない寂代というトポスの象徴性を語ることにもなる。

福永が描く愛には、常に喪失がつきまとう。ここでも、召集という圧倒的な外部の力によって断ち切られる男女の愛があり、それが失われてしまった自覚が逆に「愛」を浮き上がらせているのだが、「フフンポ」は、その「愛」の芽生えと自覚（すなわち、喪失）を包み込むキーワードとして機能していることを読者は知る。(1)

（1）「夢の輪」序章に、志波が他の登場人物たちと鮭の話をしている時に、「カムイチェプですからね」と言って梢に目配せし、それに梢が反応する場面が描かれている。アイヌ語が二人だけの共有する記憶、あるいは秘密となっていることがわかる。また、梟神は一般に「コタンクル・カムイ」、「カムイ・チカップ」と呼ばれている。「フフンポ・カムイ」は『アイヌ語方言辞典』（岩波書店　一九六四）の中で八雲方言として「ｈｍｈｍ　ｋａｍｕｙ」が掲載されている。

3　ふふむ「夢の輪」

現存する「夢の輪」の最終章である第九章に視点人物として含は登場する。含は父に書き置きを残し、姉たちのいる寂代を目指して汽車に乗る。途中、青森で下り、連絡船に乗るごたごたの中、謎の復員兵に出会う。読者はそれが、志波英太郎だということは類推できるものの、はっきりとは、わからないように描かれている。その復員兵が連絡船の切符を上手く取れなかった含に何くれとなく世話をする。助けられた含はそこで、自らの素性を告げ、相手の名前を聞き出そうとするが、やんわり断られてしまう。その含が謎の復員兵に名乗る場面が実に珍妙なものなのである。


「待って下さい。せめて名前だけでも教えて。あたしは沢村含っていうんです。ふくみ《ママ》なんて変な名前でしょう。本当はふふみ《ママ》っていう筈なんだけど、むずかしいからみんなふくみ《ママ》って呼ぶの。」

「いい名前ですね。ふふむっていうのは、花の蕾がふくらむという意味でしたね。」

「まあよくご存じ。パパが気取ってつけたのよ。小さいお姉さんは梢っていうの。」

「そうですか。」（『夢の輪』第九章）

テキスト中の「含」には「ふくむ」とルビが振られている。しかし、ここでは、自ら「ふくむ」（引用テキスト中には「ふふみ」とあるが「ふふむ」の間違いだろう）と名乗った上で、本来の名前の読み「ふふむ」を言い、更にその由来を男が答えるといった非常に奇妙なやり取りが交わされているのだ。初対面の人間に、なぜ自分の本来の名前の読み方を知らせなければならないのか？　あまりにも不自然かつ唐突ではないだろうか。

しかし、序章をもう一度読み直した後で、この「フフム」という音に着目すれば、その疑問は容易に解けるだろう。「ム」を「ン」と発音することを思い起こしさえすれば、それが「フフンポ」に繋がっていることに気づくことは簡単なはずである。

同時に、「夢の輪」の序章が実は第九章の後に書かれていることを思い起こしてみると、第九章と序章は小説の構成上では最も遠い距離にありながら、実際に書かれた時間では最も近く、連続性があることに気づくだろう。つまり、書かれた時間が最も近い二つの章に「ふふむ」と「フフンポ」が現れていることに着目すれば、この不自然なやり取りには、逆にその不自然さゆえに、作者の連続的意識、すなわち作為が込められていると考えることも可能だろう。繰り返すが、「ふふむ」と「フフンポ」は連続しているのだ。

ところで、「夢の輪」は、第一部で未完となったが、第二部、三部と書き継がれていくことになっていた。福永は清水徹との対談で次のように語っている。

牧師さんの奥さんの妹っていいましたが、その妹が主人公だけど、それにまた妹がいましてね、それを東京から寂代へ行かせたんです。そこで終わっているんですが、今のところ。行かせた人物をまた動かさなきゃならないから、それをその人物のモノローグかなんかで短い第二部を作って、それからまた同じような客観描写で第三部にしようかなと、計画だけはちゃんとしているんですけどね。終りも大体きまっているんですけどね。

（対談「文学と遊びと」「國文學」一九七七・七）

これを見ると、第二部は含のモノローグ、独白体で構想されていたことがわかる。(1)「フフンポ」は梢の志波への愛の芽生えと愛の自覚（すなわち喪失）を括る言葉であった。そして、その名を持つ「ふふむ」が登場し、寂代に赴く。もしかすると「ふふむ」という名前の妹に、作者は志波と梢の愛の物語を担わせようとしたのではないか。彼女は名前に隠された梟のように大きな瞳を見開き寂代という町を俯瞰するだろう。そして、ユーカラの梟神のように神の国から訪れ、人間の国を見つめ、幸福をもたらし、再び神の国へ戻る。その役割を「ふふむ」に担わせようとしたのではないか。

なぜなら、第九章の後に書かれた序章に初めて「ユーカラ」という言葉も登場するからだ。ユーカラは神の一人称で物語られるものであり、(2) 福永の第二部の構想、妹の「モノローグ」とも、ぴたりと一致するのである。

つまり、第九章を書き終えた福永には、積極的にユーカラの形式を取り込むという構想が生まれていたのではないだろうか。(3)

もちろん、第二部が書かれていない以上、類推に過ぎないものの、積極的にアイヌ文化へ、あるいはアイヌ語へ接近を試みようとしていたことは否定できないだろう。

（1）本書「『夢の輪』論」「はじめに」の注（2）を参照。

（2）「アイヌの物語文学といわれるもの全てが第一人称叙述になっている」新谷行『ユーカラの世界』（角川書店 一九七四）

（3）「死の島」の登場人物の一人、相馬鼎は北海道出身と設定されており、ユーカラの素晴らしさを語っている。

4　福永とアナグラム　「死の島」

3で「ふふむ」と「フフンポ」を同一視したが、そのことが単なる思いつきではないことを示したい。

戦時下に暗号の解読を行う参謀本部に勤務していたことに起因するのもしれないが、福永は「名前」の中に意味を隠すことが好きな作家だった。

たとえば、探偵小説の筆名「加田伶太郎」に隠された「誰だろうか」、SF小説の筆名「船田学」の「福永だ」といった言葉遊びは福永にとってはお手のものだった。代表作の「死の島」でも登場人物に奇妙な名前を背負わせ、その運命を暗示させている。

「死の島」でのアナグラムについては、首藤基澄が主人公の一人相馬鼎の名前に読み取っている。(1) 首藤は「相馬」から同音の「双魔」を見出し、萌木素子、相見綾子という女主人公を二つの魔であるとし、ストーリー展開上から、相馬は二つの魔を選択できずに破局へ至ると考察している。また「鼎」についても、作品中に幾つかの三本足を配置し、構成していることを示唆するとしている。

同様に私も女主人公たちの名前に、隠された意味があるのではないかと考えたことがあった。「もえぎもとこ」、「あいみあやこ」という姓と名が同音から始まることの異様さに着目した。また、萌木素子の内面がAからMへ十三章に分けて書かれていることもあって、「MM」と「AA」というイニシャルを抜き出してみた。一方の「相馬」は「相」と「MA」に分割可能ではないかと考えた。

「相」という文字には「対象を見る」(2) 意があり、あるいは「saw」の「見た」と考えてもいいのだが、いずれにしても「見る」意がある。すなわち、「M」と「A」を「見る」存在として「相馬」は設定されており、三角の関係を作っている。それが「鼎」となり、物語は進行していく。また、首藤が指摘するように「母性思慕」(3) が「死の島」のもう一つの底流するテーマであるのなら、「MM」と「AA」を合体し、「MAMA」を発見することも、あながち的外れではないだろう。いずれにせよ、登場人物の名前にアナグラムが含まれていることは無意識や偶然で片づけられる問題ではない。あきらかに作者の意図するものである。

「フフンポ」と「フフム」の関係もまた、このような福永の性向によれば、十分あり得るものと言えるだろう。

（1）「雪の降る夜の物語」――「死の島」――（『福永武彦・魂の音楽』おうふう　一九九六）
（2）『漢字源』学研
（3）（1）と同じ。

5　封印された作品「海からの声」アナグラムとしてのアイヌ語

福永とアイヌを繋ぐものに、もう一つ「海からの声」という作品がある。一九七三年「群像」十月号に掲載され、長篇の「死の島」が完結した後、唯一発表されたものである。しかし、福永の生前に刊行された『全小説』には未収録である。福永死後の『全集』では未完作品とともに第十二巻に収められたが、未完ではないこの作品だけは、なぜか『全小説』に載せられなかったのである。(1)

この作品の登場人物は「私」と「千里子」である。全てを捨ててしまった男のところに既に喪われた「千里子」の化身として鳥が現れる。

アイヌ語について考えたことがある人なら、すぐに気づくことだと思うが、「チリ」とは「鳥」のことである。たとえば、帯広の隣にある集落「白人（チロット）」という地名は「チリ・オ・ト」、「鳥の群生する沼」の意味のアイヌ語である。(2)千里子が鳥となって現れることは、その名前によって既に明らかと言えるだろう。

つまり、未完ではなく最後に発表された小説「海からの声」もまた、アイヌ語を中心的なイメージとして構成されていたのである。

しかし、ここでも自らの命名の秘密が「夢の輪」同様に千里子自身によって明かされる。

「わたしの名前、変でしょう？　わたしはせめて万里子ってつけてもらいたかった。それなのに千里子だなんて。わたし寅どしなのよ、虎は一日に千里往って千里復るんですって、そのせいでお父さんがこんな名前をつけちゃったの。」（「海からの声」）

なぜ、こんな説明をしなければならないのだろうか。当時、この名前が一般的ではなく、無闇な詮索を怖れでもしたのだろうか。「チリ」イコール「鳥」は、少しのアイヌ語の知識があれば露骨な連関に気づくはずである。にもかかわらず、アイヌ語との連関を福永は、隠そうとする。余計な説明を加え、隠すことに福永のどんな意図があるのだろうか。

もしかすると、それは、アイヌ語を暗号として理解しうる共有体験を持った者にだけに伝えるための目隠しなのではないか。「わかるものだけに、わかってほしい」という意図がそこに隠されているのではないか。では、誰に？何のために？

二〇〇四年末、福永の前妻、原條あき子の詩集が刊行された。『原條あき子全詩集　やがて麗しい五月が訪れ』（書肆山田　二〇〇四）。初めてそれを手にした時、その帯にある詩に私は、釘付けになった。

私の中に白い鳥がいて
ときに高く高く月に飛びたがる
私の中の大きな翼の鳥は
帰れない旅へと私を誘う

心を鬼にして　私も行こうか
白い翼の鳥の飛ぶままに
街々がひそかにしじまに沈むころ
月の暈が赤く夜空に浮かぶころ

あそこでは物語りもうたもなく
手をつなぐ人も　さよならもない
この世のうすいえにし　重い絆
髪を切る日のときめきもないと

私の中に白い鳥がいて
帰れない旅へと私を誘う
私のそばに眠る人を捨て
飛び立とう　月へ　翼を広げて

（「私のそばで眠るのはだれ　4」）

この詩は池澤夏樹の後書きによると一九六八年以降に残された手稿を今回の詩集刊行にあたりまとめられたものだという。

いつ書かれたものであるかの手掛かりはこれだけである。一方「海からの声」の発表は七三年。

あくまでも類推に過ぎないことを断りつつも、福永の「海からの声」と、この「私のそばで眠るのはだれ　4」と題されたこの詩との類似性を指摘せずにはいられない。まして、編年体で編まれたこの詩集の最後の詩なのだ。「海からの声」での「チリチリ鳥」の登場場面は次のように描かれている。

見たことのない鳥がそこにいた。ウミネコよりはやや小さく、灰白色の翼をたたんでこちらを向いていた。私が近づいても恐れる色もなく、月の光を浴びてじっと私の方を見詰めていた。私は渡りにはまだ早いこんな季節に、こうやって一羽きり迷って来たのは何という鳥だろうかと考えた。その時私の迷妄を笑うかのように、不意にその鳥がまた鳴き始めた。やや甲高い、僅かに高低を繰返す、響きのいい顫音で。その瞬間に私は理解した。その鳥がチリチリ鳥でなくて何だろうか。彼女の魂はこの可愛らしい鳥となり、私を慰めるために北極よりも尚遠いこの世の外の海辺から遥々と飛んで来たのだ。（「海からの声」）

そして、その鳥の囀りに、「私」は次のようなメッセージを読み取る。

どうかもうわたしのことは忘れて頂戴。わたしはあなたが生きている限り、時々、この世の外にある海のほとりから、あなたの夢の中へと訪ねて来るでしょう。わたしはもうこの世には滞在することのない旅鳥なのです。（「海からの声」）

つまり福永の最後の作品と、原條あき子の最後の詩が極めて類似的なものであると言いたいのだ。用語が「月」、「旅」、「白」と一致することばかりではない。「海からの声」では「彼女の魂」が「鳥」になったのだとする一方で、原條の詩中の「私の中に白い鳥がいて」も、「鳥」を私の「魂」のメタファーにしていることに間違いはないだろう。現実の逢瀬はなくとも、「魂」は「鳥」の姿を借り、自由に飛び回り、交感することができるのだ。

こう言ったところで何があるわけではない。「海からの声」を考えていた時に、たまたま原條あき子の詩を読んで、その瞬間に感じたことをただ言っているだけなのだ。

原條あき子は福永の追悼文を書いている。(3) その中で、詩を書くことは福永に見せるためなのだと言う。福永が喪われてしまえば、原條も詩を書く意味がなくなる。それは、原條の詩作の終わりを意味するだろう。自らを「娼婦」とし、夫を「捨てた女」という自覚によって詩作を続けた彼女にとって福永の死は、青春の終わりであると同時に「詩」の終わりを意味していたのではないか。

原條の詩が先なのか、それとも福永の「海からの声」が先なのかはわからない。いずれにせよ、福永の作品を原條は目にしたに違いないだろう。

いや、もちろん私にはわからない。

ただ、最後にぴたりと息があった作品を書けるものであろうか？　見えない何かが二人の最後の作品の構えを一致させた、そう言えるかもしれない。しかし、そうだろうか。私には、福永はアナグラムとして「千里子」＝「チリ」＝「鳥」＝「アイヌ語」＝「帯広」を隠し、わかる者だけにメッセージを発したのではないかと思う。それに対し、原條も「私の中の白い鳥」を見出し、表現したのではないか。いや、わからない。

私はそこに相聞のような言葉のやり取りを感じてしまったのだ。

「海からの声」が封印され、「風花」の解説も封印されてしまった理由は何か？　アイヌ語のアナグラムを用いたり、あえて隠したりしたのはなぜか？　「夢の輪」が未完のまま放置された理由は何か？

解答は、そこで隠されたものを考えると導き出されるのだろう。そこに隠されているものとは、福永の帯広体験の明るい部分、すなわち、家族の体験である。福永は隠すことによって、見えない家族の物語を紡いでいたのだ。

（1）和田能卓『福永武彦論』（教育出版センター 一九九四）の「『海からの声』論」中に「福永は古典主義的型式美・均衡美に優れた詩人・作家であり、そのことが『海からの声』を『死の島』の後に置くことをよしとさせなかったのであろう」と『全小説』に収録しなかった理由を憶測している。

（2）知里真志保『地名アイヌ語辞典復刻版』（北海道出版企画センター 一九八四）

（3）「みちびき」「文芸」（一九七九・一〇）

福永家系図

○本籍地

・福永家　福岡県御笠郡大野村（現大野城市）
・吉広家　福岡県筑紫郡二日市町（現筑紫野市）
・井上家〔弥作〕福岡県御笠《ママ》郡国分村※三井郡
　　　　〔岩吉〕長崎県佐世保市本島町
・秋吉家　福岡県筑紫郡二日市町
・関家　福岡県席田《ムシロダ》郡席田村（現福岡市）

○武彦の父末次郎は明治26年11月29日関儀三郎の五男として生まれる。明治28年5月20日福永菊次郎・夕子と養子縁組。大正6年12月18日井上トヨと結婚。

○武彦の祖父菊次郎は安政6（一九五九）年1月24日井上弥作の次男として生まれる。明治19年7月19日福永夕子と結婚。かねて失踪中の福永重太郎は廃嫡、戸主となる。

吉広家

徳平 ― フサ
　藤次郎
　秋吉家
　徳三郎
　円造
　タカ
　ナカ ― 岩吉
　　ヒデ
　　新
　　秋吉 ― ヨ子 明35
　　　※光雄 昭11
　　　輝雄 昭14・4・28
　　　直子
　　　紀子
　　　宣雄
　　利雄 明25

※は異母兄妹

○トヨの兄利雄は、トヨの母の兄の養家・秋吉家（肥前屋）と養子縁組。

○武彦は母トヨの兄利雄の養家・肥前屋で生まれた。

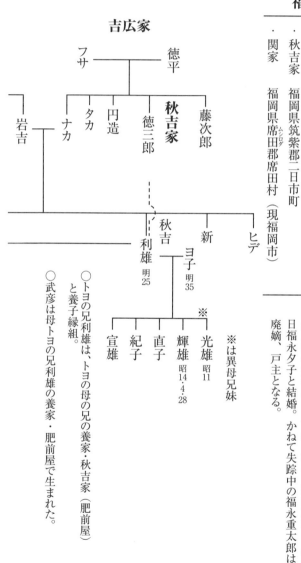

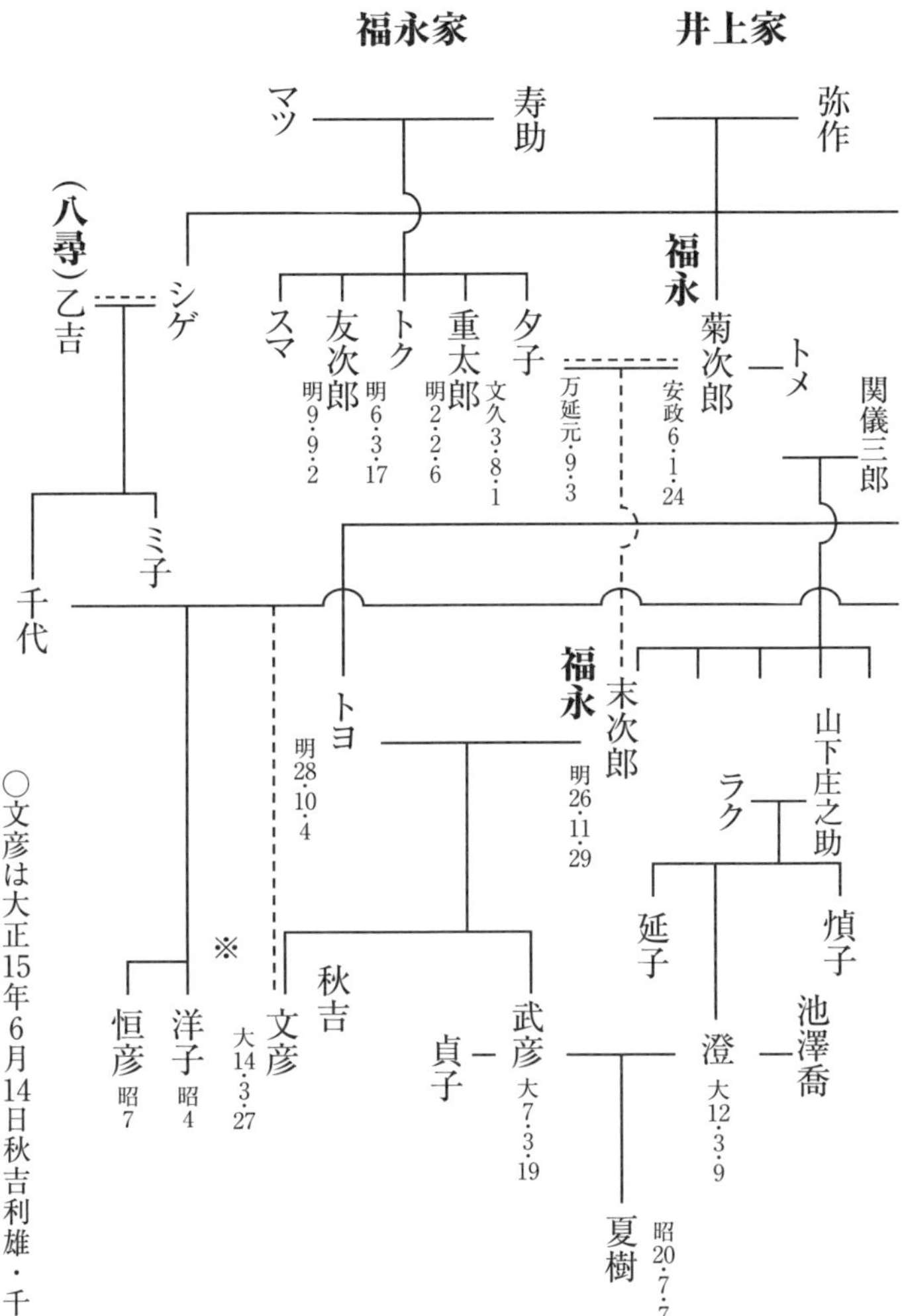

○文彦は大正15年6月14日秋吉利雄・千代と養子縁組。

福永武彦年譜

大正七年（一九一八）

三月十九日、福岡県筑紫郡二日市町（現筑紫野市）大字二日市八三五番地に父福永末次郎、母トヨの長男として生まれる。父末次郎は福岡県席田郡席田村（現福岡市）大字平尾の関儀三郎の五男（明治二十六年十一月二十九日生）で、一歳のとき御笠郡大野村（現大野城市）の福永菊次郎の養子となり、修猷館中学、一高を経て、大正五年、東京帝国大学法科大学に入学、翌六年、佐世保市の井上岩吉の三女トヨ（明治二十八年十月四日生）と結婚、武彦が生まれた翌年の大正八年七月、東京帝国大学経済学部を第一回卒業生として卒業と同時に三井銀行に入行、横浜支店勤務となり、十年十一月、福岡支店に転任、十五年六月以降、昭和十八年三月退職まで東京本店内国課・調査課等に勤めた。母トヨは佐世保から大阪のプール女学校本科に学んだ後、芦屋の聖使女学院を出て日本聖公会の伝道師となり、遠縁に当たる末次郎と結婚した。武彦は生まれて間もなく横浜や佐世保で暮らしたが、父が福岡支店勤務となってからは両親とともに福岡市に住んだ。

大正十二年（一九二三）　五歳

三月九日、神戸で最初の妻になる山下澄が生まれる。父山下庄之助（明治二十七年三月一日生）、母ラク（明治三十二年七月十九日生）の次女。父庄之助は札幌の遠友夜学校で学び、戦時、工場疎開で神戸から帯広に移ったマッチ工場（日産農林工業株式会社）の工場長となる。母ラクは後に孫池澤夏樹の書いた小説『静かな大地』（朝日新聞社二〇〇九）の由良のモデルとなった。

大正十三年（一九二四）　六歳

四月、福岡市当仁小学校に入学。

大正十四年（一九二五）　七歳

三月二十七日、弟文彦生まれる。四月十二日、母トヨ、産褥熱で死去。享年二十九。五月、福岡市警固小学校に転校。

大正十五年・昭和元年（一九二六）　八歳

六月、父の転任にともない、上京。府下荏原郡平塚町の母の兄で伯父に当たる秋吉利雄方に寄寓し、宮前小学校に通う。弟文彦は秋吉家の養子になる。文彦の義母になった千代はトヨの従姉妹に当たる。秋吉利雄は明治二五年生まれ、地元の小学校を卒業後自宅で中学校科目を独学、同郷の鎮西学院の先輩安西榮太郎の勧めで鎮西学院に入学。明治四四年鎮西学院中学を卒業、同年海軍兵学校に入学、大正三年同校卒業後海軍に所属、在籍のまま東京大学天文学科に進学。卒業後は海軍水路部で活躍した。著書に『航海天文学の研究』(恒星社一九五二)がある。

昭和二年(一九二七)　九歳

四月、小石川区雑司ヶ谷町一一五番地の日本少年寮に入寮。父は近くに下宿。転居にともない、小石川区青柳小学校第四学年に編入。日本少年寮は、明治四十年、日本女子大第一回卒業生の奥宮加寿が、親元を離れて東京で学ぶ優秀な少年たちのために創立した文化的水準の高い育英寮で、寮出身者には言語学者の小林英夫、動物学者の吉岡俊亮ほか、のちに学者として世に出た人々が多い。寮では児童福祉の仕事に携わっていた矢野安枝を母代りとして育ち、のちに矢野安枝と結婚して寮を継いだ近三四二郎の感化を受ける。近三四二郎は新潟県新発田出身、一高、東大医学部を経て理学部数学科に学び、音楽、絵画、文学にも深い関心を持ち、寮の文化事業や後進の育成に献身、小野俊一・アンナ夫妻を中心にルリロ音楽部を作ったり、亡命ロシア人画家、ワルワーラ・ブブノワを招いたりしたが、昭和十四年、三十八歳で病没した。武彦は約二年間寮生活をしたのち、寮閉鎖にともない、父とともに寮の西隣り同番地の借家に移り、さらに日本女子大脇の小石川区高田豊川町二八番地に父、父の養父母らと住んだ。以後、大学卒業まで小石川、豊島両区にまたがる雑司ヶ谷界隈を転々とする。

昭和四年(一九二九)　十一歳

秋吉家で文彦の妹、洋子が生まれる。

昭和五年(一九三〇)　十二歳

四月、東京開成中学校に入学。同期に中村真一郎がいて、以後、生涯を通じて親交を結ぶ。中学時代、漱石、龍之介、荷風、潤一郎などを読み、作家を志す。園芸部、弁論部、「校友会雑誌」等でも活躍。

昭和七年(一九三二)　十四歳

この年伯母秋吉千代が次男恒雄を出産後、産褥熱で死亡する。

昭和八年(一九三三)　十五歳

この頃、墓地の南側の豊島区雑司ヶ谷町一丁目三一二番地に転居、しばらくして前に住んだ少年寮の隣りの借家に戻る。十二月、東京開成中学校「校友会雑誌」一〇一号に「アーサー王と其の騎士」（翻訳）、「百草園遠足記」（作文）を発表。

昭和九年（一九三四）　十六歳

四月、第一高等学校文科丙類に入学。文丙同期には澄田智、安良岡康作らがいた。本郷向ヶ丘の向陵（一高寄宿寮）中寮五番弓術部に入室。弁論部でも活躍。六月に出た萩原朔太郎の詩集『氷島』を寮の図書室で読み、感銘を受ける。

昭和十年（一九三五）　十七歳

四月、山下澄、兵庫県立第一神戸高等女学校入学。夏頃、のちに『草の花』に書かれた少年愛事件起こる。九月、傷心を抱いて父と九州の郷里その他に旅行。一高、本郷より目黒区駒場に移転。寮も駒場に移る。小説「ひととせ」を「向陵時報」七三号に掲載。筆名水城哲男。十月、小説「眼の叛逆」（「向陵時報」七五号）、十一月、俳句「白蟻」三句（同七六号）、詩「忍冬の実」（同七七号）、十二月、詩「旅愁」（同七八号）、詩「火のまち」（「校友会雑誌」三五三号）を、いずれも水城哲男名で発表。

昭和十一年（一九三六）　十八歳

一月、詩「幻滅」（「向陵時報」七九号）。二月、「帝国大学新聞」の「映画批評」に応募した「詩性の敗北――ミモザ館」が入選、同紙二月十七日号に掲載される。以後、「向陵時報」その他にも映画評論を発表。同月「絶望心理」を「向陵時報」八〇号に筆名水上愁己で発表。この年、寮を出て、小石川区雑司ヶ谷町一一五番地の自宅より通学。酒井章一、星出晃、遠藤湘吉とともに文芸部委員となり、一年間、「校友会雑誌」の編輯にあたる。五月、雑誌「エクラン」に映画評「ニュアンスの問題」を発表。六月、詩「その昔」（水城哲男名）、『草の花』事件にもとづいた小説「かにかくに」（本名）を「校友会雑誌」三五五号に、詩「ひそかなるひとへの思ひ」を「反求会会報」一七号に、同「荒野に泣く」（水城哲男名）を「向陵時報」八五号にそれぞれ発表。八月、弓術部の対三高定期戦のため京都に旅行。九月、映画評論「挽歌・デユヴィヴィエ」を「向陵時報」に、十月、詩「湖上愁心」（水城哲男名）を「校友会雑誌」三五六号に、十一月、小説「黄昏行」（本名）、行軍記事「南軍（理科）」（本名）を同三五七号に掲載。

昭和十二年（一九三七）　十九歳

二月、詩「桃源」（水城哲男名）を「校友会雑誌」三五八号に発表。三月、一高を卒業。父の勧めで東京帝国大学法学部を受験、失敗。早稲田大学演劇博物館に通ったり、東京外国語学校の講習会でロシア語を学んだりして一年を過ごす。五月、雑誌「映画評論」の映画批評コンテストに応募した「悲劇の喪失」が入選、賞金三〇円を得る。以後、同誌に映画評を掲載。十一月、「意欲の平行」を「映画評論」に発表。

昭和十三年（一九三八）　二十歳

一月、「消耗児・シュヴァリエ」を、二月「仏蘭西映画の一年」を「映画評論」に発表。四月、東京帝国大学文学部仏蘭西文学科に入学。ふたたび中村真一郎と机を並べる。

昭和十四年（一九三九）　二十一歳

一月、青木文象（佐々木基一）、清水晶、登川尚佐（直樹）らと「映画評論」同人となり、十五年十二月までの二年間、ほとんど毎号、映画評論を執筆（十四年五月から筆名北原行也。一月、「文芸映画」、「月下の若武者」「海の若人」、二月「時代映画に望む」、「脱出の記録」「ステラ・ダラス」、三月、「遺産と公式」、「★★」、「北海の子」、四月、「とらんぷ譚」、「頬白先生──明るい人間像」、「★★」、「忘れがたみ」、「マルコ・ポーロの冒険」、五月、「八木保太郎」、「看板裏」、「★★」、「俺が法律だ！」、「海と青年」、六月、「内田吐夢に関する断層」、「暁に帰る」、七月、ウィリアム・ワイラーの態度──『デッド・エンド』の分析に副えて」、「樋口一葉と道化の町──作家の生活（映画の対照としての）」、「青春問答」、八月、「大人の演技・その他」、「美しき青春──原作と脚色」、九月、「大劇場進出」、「真人間」、「地中海」、「生活の悦び」、「猫橋」、十月、「ナポリのそよ風」、十一月「欧州映画俳優の印象」、「俳優を語る　小杉勇」、「俳優を語る　水町庸子」、「演技と印象」、「文学座を見る」、「不思議なヴィクトル氏」を「映画評論」に発表）。五月、「時代映画に望む」を「蒙彊新聞」に連載。仏文科講師渡辺一夫のためにボードレール「人工楽園」の一部を下訳（八月、『ボードレール全集2』として河出書房刊）。

昭和十五年（一九四〇）　二十二歳

この年も映画評論を数多く執筆（一月、「軌跡と性格・その一──心理映画の道」、二月、「欧州映画・一九三九」、「三つの足ぶみ」、「コンドル──心理のない心理映画」、三月、

「『大仏開眼』を見る」、五月、「感想」、「美しき争ひ——コント映画の条件」、「宮本武蔵」、六月、「冷たさについて」、「文学座・五月座・芸術小劇場」、「フロウ氏の犯罪——シャンソンの台詞について」、「忘却の沙漠へ」、七月、「新協劇団・青年劇場」、「幻の馬車」、八月、「東童・文学座・新築地」、「明日来りなば」、十月、「新劇の明日」、十一月、構成の断層について——主として豊田四郎を例に」、「諷刺と抒情——『白鷺』『お茶漬けの味』『戸田家の兄妹』など」、「芸術小劇場と文学座」、「風の又三郎——詩の世界から散文の世界へ」、「大平原」、十二月、「影象雑記」、「新劇への期待」、「ノートルダムの傴僂男」を「映画評論」に発表）。三月、山下澄、県一高女を卒業。今日出海のためにM・ブデル『北緯六十度の恋』（四月、実業之日本社刊）を下訳。七月、串田孫一編輯の同人雑誌「冬夏」創刊号よりロオトレアモン「マルドロオルの歌」の翻訳を連載（十二月、六号まで）。九月、ジヨルジユ・ユニエ「ホアン・ミロ」、トリスタン・ツアラ「ホアン・ミロについて」を「アトリヱ」に訳載。前年に亡くなった近三四二郎の追悼・遺稿集『近さん　歩んだ道』（非売品）を吉岡力と編纂、日本少年寮記念ノ家から刊行。

昭和十六年（一九四一）　二十三歳

一月、詩「旅人の宿」を水城美彦の名で「冬夏」七号に発表。二月、卒業後の徴兵検査を怖れて心臓神経症になり、以後もしばしば悩まされる。三月、東大仏文科を卒業。卒業論文は「詩人の世界——ロオトレアモンの場合」。四月、神田三崎町の高等予備校独仏学院フランス語講師となる（七月、退職）。詩「ある青春」を「冬夏」一〇号に発表。山下澄、日本女子大英文科に入学。五月、社団法人日伊協会に勤務、同僚の佐々木基一らと雑誌「日伊文化研究」の編輯を担当。編輯者として駒込林町に高村光太郎を訪ね、知遇を得る。徴兵検査に備えて一ヶ月間、炒めた素ウドンだけを食べて減量につとめ、一六貫の体重を一二貫以下にすることに成功したが、結果は第一補充兵第二乙種で合格。以後、召集を極度に怖れる。六月、『マルドロオルの歌　画集』四七部限定版を編纂、解説を付して冬至書林から刊行。初夏、初めて軽井沢を訪れ、ベアハウスに滞在、中村真一郎を通じて堀辰雄に会う。この頃、長篇『風土』に着手。この年、アンリ・トロワイヤ『蜘蛛』を翻訳。

昭和十七年（一九四二）　二十四歳

五月、日伊協会を退職。在職中、協会のタイピストに頼んで四八頁ほどの小型詩集を二、三冊作ったという。召集を逃れるため参謀本部第一八班で暗号解読に従事。東大仏文研究室の渡辺一夫助教授の下で仏文学辞典の編纂にも協力。六月、マラルメの訳詩「エロデイアド」を「四季」六六号に発表。夏から秋にかけて二ヶ月ほど心臓神経症の診断を受けて軽井沢に滞在。愛と孤独を見つめた断章「Frgmennts」（本書に全文掲載）を書く。この頃、中村真一郎、加藤周一、窪田啓作、白井健三郎らと「マチネ・ポエティク」を結成、定型押韻詩の制作を本格的にはじめる。十月、伯父の養子となっていた弟文彦死去。享年十七。十二月、召集を受けるが、盲腸炎手術後の腹帯のおかげで即日帰郷となる。暮から正月にかけて肺炎で病臥。

昭和十八年（一九四三）　二十五歳

二月、神経衰弱のため参謀本部をやめ、仏文学辞典編纂の仕事を続ける。三月、父が三井銀行を退職して神戸に移住したので、藤沢市日ノ出町四二〇番地羽衣荘に一人で住む。以後しばしば関西に旅行、奈良、京都の古寺を訪ね、倉敷の大原美術館にゴーギャンを観に行く。この年、ソネット集「夜」を書く。十一月、辰野隆監修『サント・ブウブ選集第一巻中世及び十六世紀作家論』（実業之日本社）に「ダンテ」を訳載。詩「詩法」「火の島」を「向陵時報」号外文芸特輯号に発表。「火の島」は山下澄に捧げられたものである。この年、後の妻となる山下澄とアテネ・フランセで出会う。山下澄も福永の影響で詩作を始め、筆名を原條あき子とする。「少女1」「少女2」をマチネ・ポエテイクで発表する。

昭和十九年（一九四四）　二十六歳

二月、社団法人日本放送協会国際局亜洲部（のち海外局欧洲部）に勤務、ニュースの仏訳や仏印向け放送に従事。同僚に白井浩司、鬼頭哲人らがいた。三月、海軍水路部、岡山、笠岡高等女学校に疎開。六月、中絶していた『風土』にかわって長篇『獨身者』を書きはじめたが、秋頃、約三〇〇枚で中絶。同月から山下澄、勤労動員のため日本赤十字社外事課（東京芝）に卒業まで通勤。九月、山下澄日本女子大英文科を卒業。九月二十八日、山下澄（原條あき子）と結婚式を大神宮で挙げ、披露宴を第一ホテルで行う。十月、軽井沢に新婚旅行。

昭和二十年（一九四五）　二十七歳

二月、急性肋膜炎で東大病院に入院。四月、病院から上野駅に直行、妻の身内を頼って北海道帯広市に疎開。同市東二条南一二丁目山下方に落ち着く。五月十二日、帯広療養所に入所、隣室の伊藤太郎（後の薬品卸売り会社ホシ伊藤社長）と知り合う。七月七日、長男夏樹（のちの池澤夏樹）生まれる。同日、帯広療養所を退所。八月、終戦。九月二日、帯広出発、六日油屋着。九日、上田奨健寮で中村真一郎、加藤周一と文学と評論の月刊雑誌「使者」の計画を立てる。十六日、東京白井浩司宅。五日間の在京で目にした光景は悪夢のようなものであった。二十一日、千ヶ滝の松下家。二十二日、上田奨健寮。十月九日、上田を出発、千ヶ滝を経て、岡山に向かう。十四日、父の住む岡山県赤磐郡佐伯村字小坂に着く。十六日、伯父秋吉利雄の住む笠岡に行く。子どもたちと遊んだり、引っ越しの荷造りの手伝いをして過ごす。十一月二日、父の家に戻る。六日、再び笠岡に。十一月十一日、伯父一家とともに上京、東京九品仏の家に居候。就職先を発明協会、日本放送協会のどちらにするか思い悩む。十二月一日、日本放送協会に復職。発明協会を断る。九日、短篇「塔」を書き始める。十一月十一日、東京に帰って世田谷区奥沢の秋吉利雄宅に落ち着き、戦後最初の短篇「塔」を書く。友人の鷹津義彦がこの年の秋、北海道帯広に開拓入植。

昭和二十一年（一九四六）　二十八歳

一月十日、「塔」完成。二十五日、ふたたび帯広に赴く。三月上旬、再上京。三月二十日、信州追分に。二十三日、東京。秋吉家からの退去を求められる。四月二十日、日本放送協会を退職。「コトスベテヒ」と日記に記す。二十四日東京を発ち、二十七日、帯広に着く。山下家から転居を求められる。大学の同窓山下肇（後、東大教授）などに就職の斡旋を頼む。五月八日、同市東一条南九丁目聖公会帯広教会木末登牧師方に寄寓。五月十一日、北海道庁立帯広中学校（現北海道帯広柏葉高等学校）の嘱託教員となり、英語を教えることになる。十五日、帯広を発ち、十七日、上京。帯広での生活のための引っ越し準備をする。二十六日、友人らと本人宅で加藤周一の結婚祝い。二十八日、東京を発ち、三十日、帯広着。六月四日、帯広中学に初出勤。七月より十二月まで加藤周一、中村真一郎と文化・文学時評「CAMERA　EYES」を分担執筆して「世代」に連載。七月、宿直室で「雨」を執筆。十勝文化協会主催の文化講座「外国文学史」を講義。八月、短篇「搭」を「高原」第一輯に発表。帯広キリスト青年会、帯広女子国民高等学校主催の第一回帯広夏期外国語講座でフランス語講師を務める。妻澄は英語講師。九月、帯広の雑誌「凍原」座談会「世界文学主流の中に日本文学の位置を探る」に鷹津義彦とともに参加。冬、結核再発。自宅療養をしながら「詩人」編集部の長江道太郎に勧められ、書き下ろし評論「ボオドレエルの世界」を翌年までかかって執筆。

昭和二十二年（一九四七）　二十九歳

四月より九月にかけて戦時中に作った定型押韻詩を「マチネ・ポエテイク作品集」等の総題で他の同人の作品とともに「近代文学」「詩人」「八雲」「綜合文化」の諸誌に発表。五月、「世代」に連載した「CAMERA　EYES」に新稿を加えた加藤周一、中村真一郎との共著『1946　文学的考察』を真善美社から刊行。六月、帯広の同人雑誌「北海文学（凍原改題）」の編輯同人となり、編輯の中心となって中村真一郎らの原稿を集める。同誌第一号に詩「眠る児のための五つの歌」ほかを発表。この雑誌に賭ける思いを巻末の「北東風」で書く。原條あき子（妻澄）も同人として小説「アイシヤ」を掲載。評論「純粋詩の実験」を「詩人」に発表。十八日、帯広療養所に再入所（七月二十四日、退所）。七月、「聖夜曲」を「近代文学」に、九月、同「心の風景」ほかを「高原」第四輯に発表。九月から十月にかけて「河」を執筆。十月十二日、胸郭成形手術を受けるため妻と二人、夏樹を祖父母と叔母に預け五日間かけ上京。十一月一日、都下清瀬村の国立東京療養所（以下東寮）に入所。以後、二十八年三月までの五年半、何度か生命の危機に直面しながら療養所生活を送る。この月、書き下ろしの評論『ボオドレエルの世界』（海外文学新選1）を京都の矢代書店より刊行。十一月、ソネット集「夜」を「花」に、短篇「雨」を「近代文学」に、同「めもるふぉおず」を「綜合文化」に、ボオドレエル「憂愁と放浪」を「詩人」にそれぞれ発表。「北海文学」第二号発行（編輯は鷹津義彦）。渡辺一夫との共訳「悪魔のソナタ」を掲載。原條あき子は詩「なつきへ」（後「夏樹のために」と改題）を発表。十二月二十三日、第一回目の胸郭成形手術を受ける。

昭和二十三年（一九四八）　三十歳

一月、妻の父山下庄之助が帯広社会事業協会病院の事務長に着任。福永は絶対安静を続ける。三月十一日、第二回目の手術。同月、前年秋に遺書のつもりで書いたという短篇「河」を「人間」に、翻訳「詩抄十篇」を「批評」ボードレール特輯にそれぞれ発表。最初の短篇集『搭』を「アプレゲール・クレアトリス」の一冊として真善美社より刊行。四月、北海道帯広高等学校勤務（講師）の辞令を受ける。五月、共著『マチネ・ポエティク詩集』を真善美社より、七月、詩集『ある青春』を帯広の北海文学社よりそれぞれ刊行。マチネ・ポエティクのグループを主体にした同人雑誌「方舟」に加わり、一号（七月）にロマン『風土』一・二章、二号（九月）に同三章を発表。

昭和二十四年（一九四九）　三十一歳

一月、東療内のガリ版文芸雑誌「ロマネスク」に「冬の花束」を書く。二月、「晩春記」を書く。三月、日患の機関雑誌「健康会議」に「旅への誘ひ」。「草の花」で描かれた「合法的な自殺」の目撃体験をする。四月、東寮短歌雑誌「野火」に「小山わか子さんのこと」を発表。この頃夏目漱石の小説を集中的に読む。澄子C・C・D（民間検閲部隊）に就職が決まる。腸結核、喉頭結核を併発し、副睾丸結核手術を受けて絶対安静を続ける。六月十六日、北海道帯広高等学校教諭に任命される。十月、小品「鳥のゐる風景」を「文芸往来」に発表。十一月九日、帯広高等学校から休職を十ヶ月前に遡り命じられる。十二月より二十五年五月にかけて『草の花』の「第一の手帳」の原型「慰霊歌」三七四枚を寝たままで書いたという。

昭和二十五年（一九五〇）　三十二歳

一月、短歌「風花」六首を手帳に書き付ける。四月、夏樹が帯広の双葉幼稚園に入園。「群像」、「世界文学辞典」（河出）、「詩学」、「人間」などから原稿依頼があったが、すべて断る。五月二十一日、「群像」森氏に「慰霊歌」の原稿を渡す（六月、原稿戻される）。七月、東寮詩話会雑誌「群青」に「白い手帳」を書く。秋より『風土』第二部に着手。十二月、妻澄と協議離婚。十七日、澄は北海道の実家に戻る。この離婚は翌年一月帯広高等学校を休職期限切れで退職しなければならず、保険証が切れるための措置だったが、実質的離婚につながる。

昭和二十六年（一九五一）　三十三歳

一月、帯広高等学校を退職。澄の父山下庄之助（筆名祥介）が代表の短歌雑誌「山脈」が帯広で創刊。この雑誌は昭和二十八年通巻二十八号で廃刊されるが、庄之助は一貫して編集兼発行人であった。二月、原條あき子「詩と短歌」を「山脈」に発表。四月、J・グリーン『幻を追ふ人』を窪田啓作と共訳、創元社より刊行。五月より九月にかけて『風土』第一部四章と第二部を「文学51」一～四号に連載。七月、『風土』第三部まで書き上げる。H・トロワイヤ『蜘蛛』を新潮文庫で、九月、今日出海と共訳したM・ブデル『北緯六十度の恋』を新潮社よりそれぞれ刊行。十二月、新潮社に赴き「風土」改稿版を渡す。「遠方のパトス」も渡すが、不採用（翌年、「群像」に送るも不採用）。東寮の外気小屋に移る。

昭和二十七年（一九五二）　三十四歳

一月、集団赤痢に感染。隔離病棟に約一ヶ月入る。雑誌「群青」に「高村さんのこと」発表。三月、ＮＨＫ「世界の名作」で脚色した「アタラ」が放送。ラジオドラマ「人生の街角」執筆。前妻澄が昨年夏樹を連れ上京、池澤喬と暮らしていることを知る。四月、東寮の啄木祭でのシュプレヒコールの原稿を書く。「読書新聞」にボーボワールの「招かれた女」の書評発表。五月、詩「死と転生」を書く。ＮＨＫの音楽番組「私は音楽です」で、原稿を書いた「ヘンデル（一）」が放送〈（三）まで〉。六月、「死と転生Ⅱ」を「群青」に発表。ＮＨＫ「世界の名作」で脚色した「スペードの女王」放送。薄信一起草の破防法反対声明文に加筆。この頃横光利一やプロレタリア文学を集中的に読む。「保健同人」に「病者の心」発表。東寮寿康館で「昭和文学の足痕」を講演。七月、東寮西講堂「シャンソンの夕べ」で解説を担当する。ＮＨＫ「私は音楽です」で「山の音楽」放送。東寮のプリント「ひろば」に「青春」発表。「仏蘭西の若き画家達」を「美術手帳」に発表。長篇『風土』を新潮社より刊行。八月、澄とは二年ぶりに、夏樹とは五年ぶりに再会する。「死と転生Ⅲ」を「群青」に発表。九月、軽井沢追分油屋に投宿、堀辰雄を三日続けて訪ねる。近代文学の会に出席。東寮寿康館で「風土」の合評会。近代文学の会で「風土」出版祈念会。ＮＨＫ「私は音楽です」で「ベートーヴェン（一）」放送〈（六）まで〉。十月、「文学界」に「知らぬ昔」を発表。従姉の岸野愛子宅で中河与一に引き合わされる。「ブラックの版画――壺と音楽」を「美術手帳」に発表。「モイラ」の下訳を池田一朗（隆慶一郎）に依頼。「死と転生Ⅰ」を「讀賣新聞」に発表。東寮外気班の班長に選挙で選ばれる（十一月に免職）。十二月、中村真一郎と福永の出版祈念会で、丹阿弥谷津子や石川淳の知遇を得る。「死と転生Ⅳ」を「群青」に発表。

昭和二十八年（一九五三）　三十五歳

一月、短篇「遠方のパトス」を「近代文学」に発表。石川淳宅を訪ねる。三月、清瀬の東京療養所を退所。四月、学習院大学文学部講師となり、杉並区方南町一一六番地に住む。短篇「時計」を「新潮」に発表。五月、J・グリーン『運命（モイラ）』を新潮社より出版。堀辰雄死去。新潮社版『堀辰雄全集』の編纂委員の一人となり、夏、信濃追分の油屋に滞在、昼は神西清、丸岡明、中村真一郎らと編輯会議を開き、夜は長篇『草の花』を執筆（年末完成）。九月、M・デュ・ガール『アンドレ・ジイド』を文藝春秋新社より刊行。十一月、のちに長篇『死の島』の一部に取り入れられた短篇「カロンの艀」を「文学界」に発表。十二月、岩松貞子と結婚。加藤道夫死去。

昭和二十九年（一九五四）　三十六歳

四月、中篇「冥府」前半を「群像」に発表（後半は同誌七月号）。書き下ろしの長篇『草の花』を新潮社より刊行。六月、「水中花」を「新潮」に発表。八月、短篇集『冥府』を大日本雄弁会講談社より刊行。故加藤道夫の山荘を譲り受け、この年より毎夏、信濃追分に避暑。室生犀星の知遇を得る。十月、国立帯広療養所発行の雑誌「原始林」二八号に近況を載せる。十一月、「夢見る少年の昼と夜」を「文学界」に、「秋の嘆き」を「明窓」に、十二月、「深淵」を「文芸」にそれぞれ発表。河出書房版『世界詩人全集4』にマラルメ、ロートレアモン、ヌーヴォー、ラフォルグ、ノワイユ夫人の訳詩を収める。

昭和三十年（一九五五）　三十七歳

二月、「読売新聞」の「話題の海外文学」欄を担当（〜三十一年三月）。河出書房版『世界詩人全集3』にボードレールの訳詩を収める。四月、学習院大学文学部助教授に昇進。五、六月、「夜の時間」を「文芸」に発表、後半を書き下ろして、七月、河出新書の一冊として刊行。八月、「沼」を「別冊文藝春秋」に、十一月、「風景」を「新潮」に発表。この頃、杉並区堀ノ内一丁目二二二番地に転居。

昭和三十一年（一九五六）　三十八歳

一月、エッセイ「新恋愛論」を「文芸」に連載（〜六月）。二月、「死神の馭者」を「群像」に、「幻影」を「文学界」に発表。三月、探偵小説「完全犯罪」を加田伶太郎の名で「週刊新潮」に連載。以後、探偵小説はすべてこの名による。中篇集『冥府・深淵』を大日本雄弁会講談社よりミリオン・ブックスの一冊として刊行。六月、「新恋愛論」改題『愛の試み』を河出書房より出版。七月、「鏡の中の少女」を「若い女性」に、九月、加田伶太郎「幽霊事件」を「小説新潮」に発表。十月、A・E・W・メースン『矢の家』（世界推理小説全集7）を東京創元社より、現代語訳『古事記』（日本国民文学全集1）を河出書房よりそれぞれ刊行。十二月、「心の中を流れる河」を「群像」に発表。この頃、豊島区目白町一丁目一〇五七番地、学習院第一アパート九号に転居。

昭和三十二年（一九五七）　三十九歳

一月、加田伶太郎「温室事件」を「小説新潮」に、二月、「一時間の航海」を「別冊文藝春秋」に発表。四月、この月より二年間東京大学文学部講師を兼任。この春、南禅寺の塔頭最勝院で過ごす。「見知らぬ町」を「それいゆ」に、加田伶太郎「失踪事件」を「小説新潮」に発表。五月、「夜の寂しい顔」を「群像」に発表。『賭はなされた・歯車』（サルトル全集21）を中村真一郎との共訳で人文書院より、六月、長篇『風土』（完全版）を東京創元社より、七月、パスカル・ピア『ボードレール』（永遠の作家叢書）を人文書院よりそれぞれ刊行。八月、「鬼」を「キング」に、九月、江戸川乱歩に直接原稿依頼された加田伶太郎「電話事件」を「宝石」に、十月、「死後」を「群像」にそれぞれ発表。ボードレール『パリの憂愁』を岩波文庫で、十二月、『古事記物語』（岩波少年文庫一五七）を岩波書店より、加田伶太郎『完全犯罪』を講談社よりそれぞれ刊行。

昭和三十三年（一九五八）　四十歳

一月、ＳＦ小説「地球を遠く離れて」を船田学の筆名で「別冊小説新潮」に発表。二月、短篇集『心の中を流れる河』を東京創元社より、三月、『愛の試み愛の終り』を人文書院より刊行。河出書房新社版『日本国民文学全集6　王朝物語集Ⅱ』に「今昔物語」四一篇の現代語訳を収める。六月、新潮社版『堀辰雄全集』（普及版）の各巻月報に「解説」を連載（〜十二月）。七月、「影の部分」を「群像」に、加田伶太郎「眠りの誘惑」を「小説新潮」に発表。探偵小説エッセイ「深夜の散歩」を「エラリイ・クイーンズ・ミステリ・マガジン」に連載（〜三十五年二月）。十月より十二月にかけて胃潰瘍のため国立東京第一病院に入院。

昭和三十四年（一九五九）　四十一歳

三月、日本橋白木屋の画廊で川上澄生に会う。四月、「世界の終り」を「文学界」に、「未来都市」を「小説新潮」に発表。六月、短篇集『世界の終り』を人文書院より刊行。七月、「廃市」を「婦人之友」に連載（〜九月）。平凡社版『世界名詩集大成3　フランス篇Ⅱ』にボードレール、マラルメ、ランボー、ヌーヴォーの訳詩を収める。九月、「飛ぶ男」を「群像」に、十月、加田伶太郎「女か西瓜か」を「別冊クイーン・マガジン」に発表。十二月、編著『近代文学鑑賞講座18　中島敦・梶井基次郎』を角川書店より刊行。

昭和三十五年（一九六〇）　**四十二歳**

一月、加田伶太郎「サンタクロースの贈物」を「別冊クイーン・マガジン」に発表。F・ホヴェイダ『推理小説の歴史』を東京創元社より刊行。二月、「樹」を「新潮」に、「風花」を「人間専科」に発表。五月、筑摩書房版『古典日本文学全集1』に古代歌謡の現代語訳を収める。六月、「退屈な少年」を「群像」に発表。七月、追分に滞在。友人の原田義人死亡のため一時帰京。短篇集『廃市』を新潮社より刊行。八月、加藤道夫の妹幸子と会う。追分滞在中の九月九日に下血。九月中旬（十三日）より十月下旬（二十四日）にかけて胃潰瘍のため長野県北佐久郡浅間病院組合に入院。十月、長篇「夢の輪」を「婦人之友」に連載（〜三十六年十二月、未完）。十一月、東京の自宅に電話設置。『坂口安吾・久生十蘭・加田伶太郎・戸板康二集』（日本推理小説大系10）東都書房より刊行。

昭和三十六年（一九六一）　**四十三歳**

一月、追分から帰京。約半年休んだ大学に復帰。中村真一郎、堀田善衛との共作SF映画シナリオ「発光妖精とモスラ」（映画名「モスラ」）を「別冊週刊朝日」に発表、西洋美術館開催のムンク版画展でムンクに魅了される。三月、「形見分け」を「群像」に、四月、詩「仮面」を「風景」にそれぞれ発表。学習院大学文学部教授に昇進。月曜日は大学院で「ボードレール研究」と「同演習」、木曜日は大学で「現代小説演習」と「二十世紀小説論」を講義する。池澤夏樹、都立富士高校に入学。七月、書き下ろしの評伝『ゴーギャンの世界』を新潮社より、現代語訳『今昔物語』（日本文学全集6）を河出書房新社よりそれぞれ刊行。東宝映画「モスラ」封切。十月、加田伶太郎「湖畔事件」を「別冊小説新潮」に発表。十一月、『ゴーギャンの世界』が第一五回毎日出版文化賞を受賞。

昭和三十七年（一九六二）　**四十四歳**

一月、前年末から追分に滞在。中篇「告別」を「群像」に発表。三月に死去した室生犀星の全集編輯委員となり、中野重治に知遇を得る。四月、作品集『告別』を講談社より出版。五月にかけ伊豆長浜に旅行。五月、美術エッセイ「芸術の慰め」を「芸術生活」に連載（〜三十九年二月）。詩「高みからの眺め」を「文芸」に、六月、加田伶太郎「赤い靴」を「小説新潮」に発表。「群像」の「創作合評」で中村真一郎『恋の泉』をめぐり三島由紀夫、花田清輝と論戦。七月初旬から九月中旬まで追分滞在。十月、「伝説」を「群像」に発表。十月一日、二日、息子の池澤夏樹と十年ぶりに再会する。十一月、島根県大田高校に講演旅行、初めて日本海を見る。併せて倉敷、広島、京都を巡る。実現しなかったが翌年春の帯広行きを計画。暮れから翌年正月にかけ『ボードレール全集』編輯のため京都に滞在。

昭和三十八年（一九六三）　四十五歳

三月、のちに長篇『忘却の河』としてまとめられる連作（以下、連作と略記）を発表しはじめる（〜十二月）。その一「忘却の河」を「文芸」に、五月、「或る愛」（長篇『夢の輪』序章）を「自由」に発表。人文書院版『ボードレール全集』全四巻を編輯、第一巻『悪の華・パリの憂愁』を刊行（三十九年六月全巻完結）。六月、長篇童話「猫の太郎」を「ディズニーの国」に連載（〜十二月、雑誌休刊のため未完）。八月、「煙塵」（連作二）を「文学界」に発表。中村真一郎、丸谷才一との共著『深夜の散歩――ミステリの愉しみ』（ハヤカワ・ライブラリ）を早川書房より刊行。九月、「舞台」（連作三）を「婦人之友」に、十一月、「硝子の城」（連作五）を「群像」に、十二月、「夢の通ひ路」（連作四）を「小説中央公論」に、「喪中の人」（連作六）を「小説新潮」に、「賽の河原」（連作七、完結）を「文芸」にそれぞれ発表。吉田健一、佐伯彰一との共編『ポオ全集Ⅲ』（全三巻、東京創元新社）に訳詩一〇篇を収載。十二月中旬より三十九年二月中旬まで胃潰瘍のため国立東京第一病院に入院。

昭和三十九年（一九六四）　四十六歳

二月、『福永武彦・安部公房集』（新日本文学全集29）を集英社より刊行。三月、詩「北風のしるべする病院」を「本」に発表。四月、単身、南伊豆に旅行、妻良、子浦、落居などに滞在し、長篇『海市』の構想を練る。五月、長篇『忘却の河』を新潮社より刊行。九月、中篇「幼年」を「群像」に発表。

昭和四十年（一九六五）　四十七歳

五月、『芸術の慰め』を講談社より、七月、訳詩集『象牙集』を垂水書房よりそれぞれ刊行。夏、目白の学習院アパートより世田谷区成城町七七六番地に転居。十一月、「邯鄲」を「群像」に発表。

昭和四十一年（一九六六）　四十八歳

一月、長篇「死の島」を「文芸」（〜四十六年八月）に、同じく「風のかたみ」を「婦人之友」（〜四十二年十二月）にそれぞれ連載。二月下旬より四月下旬まで胃潰瘍のため国立東京第一病院に入院。四月、池澤夏樹、埼玉大学理工学部物理学科に入学。五月、『福永武彦詩集』限定版を麥書房より、『福永武彦作品　批評A』限定版を文治堂書店よりそれぞれ刊行。九月、『世界の詩38　堀辰雄詩集』を編纂、彌生書房から刊行。十月、「風雪」を「群像」に発表。前橋市で「高橋元吉について」講演。この頃、世田谷区祖師ヶ谷二丁目一三二一番地に転居。

昭和四十二年（一九六七）　四十九歳

一月、『福永武彦・遠藤周作』（われらの文学10）を講談社より、五月、『幼年』限定版をプレス・ビブリオマーヌよりそれぞれ刊行。夏、『海市』を書き上げ、秋、梓湖、山田温泉などに遊ぶ。十月、訳編『ボードレール詩集』（ポケット版世界の詩人4）を河出書房新社より刊行。

昭和四十三年（一九六八）　五十歳

一月、「あなたの最も好きな場所」を「群像」に発表。長篇『海市』（純文学書下ろし特別作品）を新潮社より、二月、童話『おおくにぬしのぼうけん』（ものがたり絵本10、片岡球子・絵）を岩崎書店より、三月、大久保輝臣との共訳によるマロ『家なき子・にんじん』（少年少女世界の文学16）を河出書房新社より、六月、長篇『風のかたみ』を新潮社より、七月、『中村真一郎・福永武彦集』（日本文学全集81）を集英社より、十月、『福永武彦作品　批評B』を文治堂書店より、十二月、長篇『風土』（決定版）を新潮社よりそれぞれ刊行。三月、金沢、四月、京都、彦根、神戸、五月、北海道網走に旅行、網走に行く前に帯広を訪ね、帯広療養所、帯広柏葉高校、十勝大橋などの縁の場所を写真に収める。年末、世田谷区成城七丁目一八番二〇号に転居。三月、原條あき子『原條あき子詩集』を思潮社より刊行。池澤夏樹、埼玉大学を中退。

昭和四十四年（一九六九）　五十一歳

第6回文藝賞の選考委員を務める。一月、エッセイ「私の内なる音楽」を「芸術新潮」（〜九月、未完）に、随筆「十二色のクレヨン」を「ミセス」（〜十二月）に連載、「湖上」を「群像」に発表。年初より新居の隣家の違反建築騒ぎで奔走、忙殺。六月、作品集『幼年　その他』を講談社より、八月、『中村真一郎・福永武彦・遠藤周作』（日本の文学72）を中央公論社より、第一随筆集『別れの歌』を新潮社より、十月、『中村真一郎・福永武彦・安部公房・石原慎太郎・開高健・大江健三郎集』（日本文学全集39）を新潮社より、十二月、「冥府」「深淵」「夜の時間」を一冊にまとめた『夜の三部作』を講談社よりそれぞれ刊行。鎌倉の自宅に川端康成を訪ねる。

昭和四十五年（一九七〇）　五十二歳

一月、「大空の眼」を「群像」に発表。三月、『加田伶太郎全集』を桃源社より、八月、『福永武彦集』（新潮日本文学49）、第二随筆集『遠くのこだま』をいずれも新潮社より刊行。同月、信濃追分で胃潰瘍再発、長野県小布施町の新生病院に十月下旬まで入院。

昭和四十六年（一九七一）　五十三歳

四月、『中村真一郎・福永武彦集』（現代日本の文学41）を学習研究社より、『中村真一郎・福永武彦・堀田善衛』（カラー版日本文学全集49）を河出書房新社よりそれぞれ刊行。この月より一年間、学習院女子短大講師を兼任。六月、『加藤周一・中村真一郎・福永武彦集』（現代日本文学大系82）を筑摩書房より、第三随筆集『枕頭の書』を新潮社より、七月、『中村真一郎・福永武彦』（日本文学全集38）を新潮社よりそれぞれ刊行。九月、長篇『死の島』上巻、十月、同下巻を河出書房新社より上梓。「海からの声」を「群像」に発表。暮から正月を南伊豆上小野で過ごす。

昭和四十七年（一九七二）　五十四歳

一月、『福永武彦』（現代の文学7）を講談社より刊行。三月、『死の島』が第四回新潮社日本文学大賞を受賞。五月中旬より七月初旬まで胃潰瘍悪化して中野総合病院に入院。夏、信濃追分で静養したが、血清肝炎の症状あらわれ、晩秋まで追分にとどまる。八月より四十八年三月まで学習院休職。以後、入退院を繰り返す。

昭和四十八年（一九七三）　五十五歳

群像新人賞の選考委員を務める（第16回～20回　五十二年まで）。五月十三日、時習会茶会（宗徧流）、伊勢丹会館。十八日、箱根美術館。六月、熊谷守一を訪問。十七日、鈴木力衛の葬儀に参列。作家論集『意中の文士たち』上下二巻、七月、美術論集『意中の画家たち』をいずれも人文書院より刊行。九月、白井健三郎と対談。十月、『福永武彦全小説』全十一巻、新潮社より刊行開始（四十九年八月完結）。七月上旬から九月下旬、追分に滞在。

昭和四十九年（一九七四）　五十六歳

三月、靖国神社での時習会茶会に参加。四月、長谷川泉と対談。春（四月二十五日）、世田谷区成城七丁目二一番一七号に新居を建て、移転。五月、矢内原伊作『若き日の日記』の推薦文を書く。七月下旬から九月上旬まで信濃追分。七月、短篇『海からの声』限定版を槐書房より、八月、第四随筆集『夢のように』を新潮社より、九月、『福永武彦・小島信夫集』（現代日本文学29）を筑摩書房よりそれぞれ刊行。

昭和五十年（一九七五）　五十七歳

四月、大学の講義、仏文学演習D　*M Duras*、3・4年ゼミH　*Baudelaire*、大学院講義、フランス文学演習*Mallarme*。五月、自宅で院生に講義。堀辰雄二十三回忌に出席。六月、堀辰雄旧蔵印譜に随筆を添えた『我思古人』を私家限定版で、未完の長篇『獨身者』限定版を槐書房より、八月、第五随筆集『書物の心』を新潮社よりそれぞれ刊行。十一月、詩『櫟の木に寄せて』を「文芸」に発表。七月三日、池澤夏樹夫妻と会う、池澤夏樹はこの三日後ギリシャに移住。生前の福永に会う最後となった。七月下旬から十月上旬まで、追分。十月十七日、この年父を入所させた静岡県田方郡函南町畑字平林357―1富士見が丘いこいの園を訪ねる。

昭和五十一年（一九七六）　五十八歳

一月、堀辰雄を扱った評論「内的獨白」を「文芸」（〜八月、五十二年一、三、五月）に、訳詩集についてのエッセイ「異邦の薫り」を「婦人之友」（〜十二月）にそれぞれ連載。三月、短歌「夢百首」を「海」に発表。八月、父末次郎死去。享年八十二。詩文集『櫟の木に寄せて』限定版を書肆科野より刊行。

昭和五十二年（一九七七）　五十九歳

一月、絵本についての随筆「絵のある本」を「ミセス」に連載（〜五十三年五月）。『中村真一郎・福永武彦集』（筑摩現代文学大系75）を筑摩書房より、四月、歌句集『夢百首雑百首』を中央公論社よりそれぞれ刊行。五月、中村真一郎とともに編輯の筑摩書房版『堀辰雄全集』全八巻別巻二の刊行はじまる。月報に「編輯雑記」を連載（〜五十四年六月）。この頃、病の合間を見て草花のスケッチに励む。十月下旬（二十七日）、世田谷区松原の単立キリスト教朝顔教会井出定治牧師を病床に呼び、受洗。十一月下旬まで約一ヶ月間、日産玉川病院に入院中、小喀血を見、以後、咳痰に苦しむ。入院中、「夢の輪」構想ノートを読み続編を試みようとしたが、執筆には至らなかった。また手帳に受洗に関わる手記を綴った。

昭和五十三年（一九七八）　六十歳

二月、大学に口述試験のため赴く。三月、池澤夏樹、ギリシャからアフリカを経由して帰国。初めての詩集『塩の道』を書肆山田より刊行。三月下旬より五月中旬まで北里病院東洋医学科に入院。六月初旬、自宅で大学院の演習。その後追分に。七月から十月にかけ、「病中日録」を三冊のメモ帳に記す。七月下旬、下血。八月、『「菜穂子」創作ノオト及び覚書』限定版を麥書房より刊行。九月初旬再び下血し、九月下旬まで軽井沢病院に入院。十月、第六随筆集『秋風日記』を新潮社より、十一月、評論『内的獨白――堀辰雄の父、その他――』を河出書房新社よりそれぞれ刊行。十二月、学習院休職。「新潮」に「父との生活」を連載する計画を立てる。

昭和五十四年（一九七九）　六十一歳

一月、堀辰雄あて書簡七通を筑摩書房版『堀辰雄全集別巻一　来簡集』に発表。三月一日、新潮社のPR雑誌「波」のインタビューを受ける「病気のこと、仕事のこと」。四月、『異邦の薫り』を新潮社より刊行。四月二十日より五月十二日まで北里病院東洋医学科に入院。六月下旬より信濃追分に滞在。八月六日、胃潰瘍悪化、長野県南佐久郡臼田町の佐久総合病院に入院、八日、手術を受ける。十二日、容態急変、十三日午前五時二十二分死去。十月、原條あき子は追悼文「みちびき」を「文芸」に、池澤夏樹は「遠方の父」を「海」にそれぞれ発表。遺稿「山のちから」（未完）が「新潮」に発表される。

昭和五十五年（一九八〇）　没後一年

一月、『忘却の河・海市』（新潮現代文学31、新潮社）、六月、美術論集『彼方の美』（中央公論社）刊。

昭和五十六年（一九八一）　没後二年

一月、『福永武彦対談集　小説の愉しみ』（講談社）、五、六、七月、画文集『玩草亭百花譜』上中下三巻（中央公論社）、十一月、河盛好蔵編『福永武彦集』（現代の随想10　彌生書房)、十二月、未完長篇『夢の輪』(限定版、槐書房)刊。

昭和五十七年(一九八二)　没後三年

十一月、NHK教育テレビでテレビオペラ「山のちから～音と映像のためのファンタジー」放映。十二月、随筆『絵のある本』(限定版、文化出版局)、新編『ボードレールの世界』(講談社)刊。

昭和五十九年(一九八四)　没後五年

三月、新編『福永武彦詩集』(岩波書店)、十一月、学習院大学での講義ノートをまとめた『二十世紀小説論』(同)刊。

昭和六十年(一九八五)　没後六年

八月、『鬼・廃市』(日本の文学80　ほるぷ出版)刊。

昭和六十一年(一九八六)　没後七年

十一月、新潮社版『福永武彦全集』全二十巻刊行開始(六十三年八月完結)。

昭和六十二年(一九八七)　没後八年

七月、軽井沢高原文庫で福永武彦展(九月まで)。九月、『昭和文学全集23　吉田健一・福永武彦・丸谷才一・三浦哲郎・古井由吉』(小学館)刊。

昭和六十三年(一九八八)　没後九年

二月、池澤夏樹「スティル・ライフ」で中央公論新人賞、その後同作で芥川賞。

平成三年(一九九一)　没後十二年

九月、『ちくま日本文学全集　福永武彦』(筑摩書房)刊。

平成十四年(二〇〇二)　没後二十三年

五月十二日、福永貞子死去。

平成十五年(二〇〇三)　没後二十四年

六月九日、原條あき子死去。

平成十六年(二〇〇四)　没後二十五年

十二月、原條あき子『やがて麗しい五月が訪れ――原條あき子全詩集』(書肆山田)刊。

平成十九年（二〇〇七）　**没後二十八年**

九月、新潮文庫『忘却の河』三十三刷改版に池澤夏樹「今、『忘却の河』を読む」を収録。十一月、池澤夏樹個人編集『世界文学全集』（河出書房）刊行開始（二十三年三月完結）。

平成二十二年（二〇一〇）　**没後三十一年**

三月、『病中日録』（鼎書房）刊。

平成二十三年（二〇一一）　**没後三十二年**

六月、北海道文学館で文学展「日は過ぎ去って僕のみは～福永武彦、魂の旅」開催（～七月）。十月、『福永武彦戦後日記』（新潮社）刊。

平成二十四年（二〇一二）　**没後三十三年**

六月、帯広藤丸百貨店で「福永武彦と帯広」展開催（～七月）。十一月、『福永武彦新生日記』（新潮社）刊。

本年譜は『福永武彦全集』第二十巻巻末の年譜に加筆された『幼年　その他』（講談社文芸文庫二〇一四）の年譜に拠りながら、編者の曾根博義先生のお許しを得て、新たに加筆・訂正したものである。なお、加筆・訂正にあたっては以下の新出資料も用いた。

新出資料

「1950文藝手帳」文藝春秋社
「1960文藝手帳」〃
「1961文藝手帳」〃
「1962文藝手帳」〃
「1977文藝手帳」〃
「1978文藝手帳」〃
「1979文藝手帳」〃
「1973trimestre」HERMÈS
「1974trimestre」〃
「1975trimestre」〃
「1976trimestre」〃
「1978trimestre」〃

以上　池澤夏樹北海道文学館寄託資料

『福永武彦戦後日記』（新潮社）
『福永武彦新生日記』（新潮社）

初出一覧

「幼年」論——母の系譜……福永武彦「幼年」論——母の系譜（「市民文藝」第52号二〇一二・一二）

「河」論——父の系譜……書き下ろし

「草の花」の成立——福永武彦の履歴……書き下ろし

「夢の輪」論——「寂代」と「帯広」……福永武彦「寂代」と「帯広」——「夢の輪」を視座として（「市民文藝」第44号二〇〇四・一一）

封印と暗号——最後の小説「海からの声」へ……福永武彦論　封印と暗号——隠された帯広体験（「市民文藝」第45号二〇〇五・一〇）

あとがき

『福永武彦戦後日記』『福永武彦新生日記』刊行後、池澤夏樹さんに「次は何をするの？」と訊ねられた。私は「ちょっと福永から離れ、国語教育にシフトしようと思っています」と答えた。十年近くほぼ毎日「福永武彦」という名前を書き続け、いささか辟易していた。国語科の研究会でも、グループ学習の重要性のようなことばかり強調され、文学が二の次三の次になっていることにも苛立っていた。

ところが、また福永に舞い戻ったのは神谷忠孝先生からの温かい申し出があったからである。北海道文学館の会合などで不遜にも「本を出したいです。出版社紹介してください」などと私が言ったに違いなく、それを律儀な先生が覚えていらしたのだ。出版の段取りすっかり整え、連絡して下さったのである。

というと深い関わりがあるように思えるが、惜しいかな私は直接先生の学恩を賜っていない。唯一共通するのは帯広という場所だけなのである。先生にとっては故郷かつ初任地。私にとっては勤務地かつ、生活の場である。多分先生は、その帯広を信頼なさったのだと思う。

池澤夏樹さんもそうなのかもしれない。日記刊行に向けて軽井沢、福岡、仙台、東京と行動を共にした。出生地帯広への信頼感が、それを許したのではなかったか。

大学一年の秋、鷹津義彦先生が「福永の葬儀に行ってきた。中村と加藤に会ってきた」と学生に話した。福永武彦、中村真一郎、加藤周一。当時の文学少年少女たちは色めき立った。「先生今度詳しく話を聞かせてください」と詰め寄った数人の中に自分はいた。快諾された先生だったが、その後休講が続き、翌春鬼籍に入られた。とうとう福永らの話は聞けないまま、時は過ぎ、私もそのこと自体を忘れてしまっていた。

現任の帯広柏葉高校に赴任したのは二十年ほど前になる。ちょうど七十周年にあたり、その記念誌の旧職員名簿に福永武彦の名前を見つけた。英語の嘱託教師。そこでようやく鷹津先生のことを思い出した。先生は長く帯広畜産大学にいらしたはずである。

そうか帯広か。

見えないまま放っておいた関係の糸は、はじめて結びついた。先生の死で途絶えていた謎の解答はこれで得られたと思ったのだが、ことはそんなに甘くなかった。詳しい人に聞いて、納得し、それでお仕舞いと思っていたのだが、幾人に話を聞いても、福永の帯広時代は全く見えてこなかった。鷹津先生は不真面目な学生だった私に大きな宿題を残した。

自分で調べはじめたものの、福永の帯広時代は幾重ものベールがかかり、一向に全貌が見えてこない。福永はエッセイや小説にわずかなヒントを残しながら、自分の家庭生活を正面から書くことをしなかったのである。

以来二十年にわたって地面を掘るように、福永の帯広時代を探った。その間、日記が見つかるエポックがあるなど、より深みにはまることになった。結果、謎解きこそが私の仕事になってしまったようだ。たとえば本書に収めた書き下ろしの「『草の花』の成立」は帯広時代と直接関与しないが、それまでの穴を穿つような方法で書いた。神谷先生が看破したように「私小説的読解という方法」しか私には取れなかったのである。

では、本書で謎は解けたかというとはなはだ心許ない。収めた五編は同じ事の繰り返し、あるいは作家の私生活を暴くことに血眼になっているように見えるかもしれない。しかし、鷹津先生の宿題に答えるにはこれしか方法はなかったと言える。

本書に収めた論考のほとんどで日記刊行をともに進めた鈴木和子氏の協力を仰いでいる。また、日記刊行、福永展などで北海道文学館の平原一良副理事長はじめ様々な方の知遇も得、励ましをいただいた。大学での恩師浅田隆先生には「今いるところが自分の場所」という言葉をいただいた。私の調査・研究は常にその言葉を意識したものである。当然、家族からも有形無形の恩恵をこうむった。神谷先生にご紹介いただいた翰林書房のご夫妻にも温かく接していただいた。本当に感謝している。

これからは、憑依された福永から少し離れ、池澤さんに宣言した通り、国語教育に軸足を移したいと考えている。

二〇一四　初冬

田口耕平

【著者略歴】

田口耕平（たぐち　こうへい）

1959年、北海道釧路管内標茶町生まれ。立命館大学文学部卒業後、道立高校教諭。1993年、帯広柏葉高等学校に赴任（2008〜10年は札幌手稲高校）。『福永武彦戦後日記』（新潮社 2011）、『福永武彦新生日記』（新潮社 2012）の翻刻、注釈、解説を手がける。『新生日記』では「原條あき子小伝」を執筆。日記刊行により十勝文化奨励賞（十勝文化会議 2012）。「福永武彦『寂代』と『帯広』――『夢の輪』を視座にして」で市民文藝賞佳作（帯広市図書館 2004）。小説同人誌「ふゆふ」編集人。小説「家族の点描」で北海道新聞文学賞佳作（2013）。北海道文学館評議員。

「草の花」の成立

福永武彦の履歴

発行日	2015年3月10日　初版第一刷
著　者	田口耕平
発行人	今井　肇
発行所	翰林書房
	〒101-0051 東京都千代田区神田神保町2-2
	電話 (03)6380-9601
	FAX (03)6380-9602
	http://www.kanrin.co.jp/
	Eメール●Kanrin@nifty.com
装　釘	須藤康子＋島津デザイン事務所
印刷・製本	メデューム

落丁・乱丁本はお取替えいたします

ISBN978-4-87737-381-8